AF561479

EDMOND JALOUX

SUR UN AIR DE SCARLATTI

MAESTRICHT
A. A. M. STOLS
1928

EDMOND JALOUX * SUR UN AIR DE SCARLATTI

SUR UN AIR DE SCARLATTI

EDMOND JALOUX

SUR UN AIR DE SCARLATTI

ILLUSTRATIONS GRAVÉES

PAR J.FRANKEN PZN

MAESTRICHT
A. A. M. STOLS
1928

J'ai le malheur de ne point savoir me borner dans mes affections; c'est au point que je m'épouvante dès que je sens qu'un individu va m'intéresser. Chacun m'emporte un lambeau de moi-même.

CLÉMENT BRENTANO.

O femme, un baiser me tuerait
Si la beauté n'était la mort !

STÉPHANE MALLARMÉ.

Il y a dans la masse de ce qui s'écrit aujourd'hui une dose énorme d'improbable.

JACQUES RIVIÈRE.

A Madame Wanda Landowska.

CE fut un épuisement nerveux d'une nature particulièrement mystérieuse qui me conduisit à Venise, cette année-là.

J'avais toujours souffert à l'excès de mes facultés de sympathie, d'une carence quasi-continuelle de l'indifférence. Mais avec le temps, ces propriétés prirent un caractère d'obsession. Chaque rencontre nouvelle avait pour moi la couleur d'un rendez-vous d'amour; la moindre conversation un peu intime déclanchait dans ma conscience un contre-coup presque pathétique. Je passais sans transition du désir au désespoir; désir, non pas exclusivement de possession physique, mais de communion spirituelle, ou tout au moins émotive. D'ailleurs, ces mouvements exaltés ne s'adressaient pas uniquement à des êtres humains; certains arbres, certains animaux, quelques paysages, et jusqu'à la vue de divers minéraux, — les cristaux, par exemple, — me jetaient dans de véritables transports d'adoration. J'avais vis-à-vis du monde ces états de conscience que les mystiques éprouvent à l'approche de Dieu.

J'en arrivai ainsi à perdre le contrôle de ma propre personne; à force de vivre dans cette réceptivité ardente, l'angoisse l'emporta sur tout autre sentiment; l'apparition d'un être aimé me donnait des palpitations de cœur; l'arrivée d'une lettre, une sueur froide; un coup de sonnette, un tremblement de tout le corps. Je vivais au centre d'un rayonnement sensible, mais qui se prolongeait bien au-delà de mes sens, et sans cesse mis en vibration par mille chocs extérieurs.

De plus, à mesure que diminuait ma résistance mes élans passionnés augmentaient d'autant, et je finis par devenir victime d'une véritable folie d'amitié.

***

LES médecins ne comprenant rien à mon mal, je résolus de l'étudier seul et d'essayer de guérir. Il me fallait tout d'abord *oublier*, —oublier ces êtres auxquels je prodiguais ma substance morale avec une attention sans réserve; il me fallait m'arracher à cette télépathie par laquelle je me maintenais en contact avec tant d'organismes étrangers, presque toujours souffrants. Et pour cela, fuir. Et ne pas même laisser d'adresse. Et ne plus rien savoir de personne.

Si je choisis Venise, ce fut par goût du silence. La moindre petite ville française m'en eût offert bien davantage, je le sais, mais le silence y devient vite synonyme d'inactivité et presque de mort. À Venise, il escorte encore la vie.

Les premiers jours de mon arrivée furent atroces; je subissais les affres de l'intoxiqué soudain privé de sa drogue. Épuisé par la préoccupation d'autrui, je n'en trouvais pas moins en elle le coup de fouet qui me poussait en avant.

Au bout d'une semaine, un commencement de torpeur succéda à ma surexcitation; je distinguai en moi ces moments de vacuité, ces espaces blancs auxquels j'aspirais depuis tant de jours:

je pus dormir. Je veillai scrupuleusement à sauvegarder l'anonymat de chacun; à ne retenir aucun trait des passants que je côtoyais; à prendre à toute nouvelle sortie un itinéraire nouveau pour ne pas être exposé à m'intéresser aux mêmes visages; à détourner enfin les yeux s'ils se portaient sur une expression féminine trop charmante ou trop intense. Tout cela n'allait pas sans heurt, ni ennui. J'avais l'impression que le niveau de ma vie baissait, qu'elle atteindrait bientôt son étiage. J'étais parfois tenté de reprendre le train et de courir à cette foule intime dont je pouvais traduire en clair chaque mouvement de conscience, chaque impression fugitive.

Pour achever ma cure, je ne sortis plus que la nuit.

IL me faut d'ailleurs avouer que j'ai toujours aimé la nuit.

Le soleil a un terrible pouvoir de nivellement et de réduction; son cadastre est sans retouche; face à lui, tout homme a honte de soi et veut se grandir dans une vérité commune; le travail et la vie sociale donnent alors à chacun de nous son maximum de banalité, mais que l'ombre le libère et lui ouvre un second univers et voici naître sa vraie figure.

C'est au cours de la nuit que les êtres épuisent l'amour, que les enfants sont conçus; c'est pendant la nuit que l'on rêve, que l'on joue, que l'on va au spectacle, que l'on se rend au bal masqué, que l'on boit, que l'on tue, que l'on atteint toutes les formes de l'évasion; c'est la nuit enfin que l'on a peur; la nuit que les agonisants finissent par céder

Le jour est fermé; la nuit est ouverte. Les irréguliers, les épaves, les vicieux, les demi-fous, les passionnés reçoivent d'elle un appui secret et un encouragement libérateur; l'aventure s'éveille alors aux plis crasseux des grandes villes, les tentations absurdes se déchaînent, le sabbat convie ses sorcières à des fêtes clandestines. L'histoire peut bien se dérouler pendant le jour, mais elle se fomente la nuit. Par les ténèbres, l'homme touche à la fois à ce qui l'angoisse et à ce qui le dépasse: il ne se cogne plus à ses propres barrières. Les confidences de minuit ne ressemblent pas à celles de midi. Il y a dans l'ombre un étrange ferment qui suscite en nous un double aux desseins obscurs. Ce n'est pas seulement le dormeur qui est travaillé par les songes, mais tout homme qu'un espoir informulé ou un désespoir plus informulé encore entraîne au dehors, tout soleil éteint.

Que de légendes, de merveilleuses histoires ai-je lues dans la nuit des cités! Qu'un mur a peu de sens lorsque les rayons de l'après-midi le caressent, mais qu'il révèle de tragique aussitôt, qu'étreint par le noir, il se dresse comme une concentration de menaces ou se laisse éclairer de biais par un réverbère qui cligne et organise avec lui une complicité de trahison!

***

LA nuit, Venise est incroyablement solitaire et la plupart de ses maisons ont l'air abandonnées. Aussi y échappais-je peu à peu à la tyrannie de la figure humaine. Ses palais, ses églises, ses masures devenaient pour moi le motif de songeries fantastiques, mais non pas à la manière des façades de Paris qui vous inspirent un commentaire vite tragique sur la destinée de leurs habitants.

J'allais au hasard, sans fatigue, indifférent à tout. Parfois, je m'arrêtais; j'avais en face de moi une place déserte, une haute demeure rouge ou un bout de canal, huilé par des putréfactions liquides qui le moiraient d'arabesques chinoises. J'avais des coins préférés auxquels je revenais volontiers: le Campo San-Paulo, vaste et nu au point que je m'y croyais tombé sur une autre planète; le Campo dei Squellini, où des marronniers chétifs formaient une sorte de triangle; les larges dalles des *Zattere* contre lesquelles grince et se plaint la chaîne d'un navire.

Mais le plus souvent je m'égarais; une calle étroite aboutissait à une grille, à une cour fermée, à un escalier qui mordait directement sur la rue; un sottoportico m'introduisait brusquement au seuil d'une place entourée de petites maisons basses, décor de comédie, dominé par une énorme façade d'église en forme de Tables de la Loi, mais à trois feuilles et trouée d'ouvertures par où coulait une encre de songe. Deux ivrognes tendrement enlacés y chantaient en titubant un hymne à un bel arbre, qui, autour du serpent d'airain de ses rameaux, étalait les mille patères de ses embrasses d'or.

Dans ces promenades nocturnes, je prenais une leçon de *vide*. Je rentrais à l'hôtel avec calme, rapportant du dehors un merveilleux exemple de dépeuplement, habituant ma mémoire à contempler des pierres aussi mortes qu'une charade d'Eginhard. Mon soulagement en était tel que je commençai à envisager mon retour à Paris.

***

CE fut alors que l'événement eut lieu.

Une nuit que je m'étais égaré dans la direction du Rialto, j'entendis jouer du violon. Je suivais à ce moment un enclos fermé par une palissade. Je reconnus une sonate de Scarlatti.

Brusquement mon indifférence chèrement acquise céda à un furieux emportement de désirs, d'émotions, de tendresse; je haletai: des larmes me vinrent aux yeux. Je fus de nouveau la proie de convoitises indéchiffrables.

Cette angoisse qui me portait à quelque chose d'inconnu, je la subis d'autant plus violemment que j'avais été plus longtemps sevré d'elle. A ce moment toute la vie affluait en moi; si j'avais eu une arme, je crois que je me serais tué, mais pas de désespoir.

Cependant le violoniste jouait toujours; ces inflexions tendres comme une chute amoureuse; ces pétillements de notes fraîches; ces appels à la fois mourants et gais; ces voluptueux retardements d'une phrase mélodique qui hésite et qui va vous blesser comme une flèche; cette mélancolie heureuse; ces échos d'une fête galante, donnée à des morts toujours épris; cette nostalgie d'un Paradis de verre filé dispersé depuis le Déluge, ah! que voilà donc le monde dont j'avais rêvé! Salles de damas blanc, ombres de chauves-souris, joueurs à bec d'oiseau picorant leurs cartes à côté d'une bougie fumeuse, carnaval de stuc, villas épiques tournant avec la lumière au cœur d'un parc de dentelle, transparences, transparences! tout cela courait dans mon esprit, tandis que, de l'autre côté de l'humble palissade, le musicien, traitant ses cordes comme un alambic, en extrayait une essence diabolique qui chassait de ma cervelle la pauvre sagesse que depuis un mois je m'efforçais d'y emmagasiner. Tout en marchant, je ne pouvais m'empêcher de marmotter à voix basse: „Ah! maudit Scarlatti! Maudit Scarlatti!". Je fis quelques pas; j'atteignis une petite porte ; elle n'était pas close. J'entrai.

Il y avait un peu de lune; je me trouvai dans un grand jardin planté de chrysanthèmes blancs et jaunes; plus loin, une treille où pendaient des courges énormes et verruqueuses, et au milieu d'elles, une gargoulette, courge blanche et lisse.

J'allai jusqu'au bout de la treille; mais le spectacle était si inattendu qu'un banc se trouvant là, je me laissai tomber sur lui, déjà exalté, désolé aussi, que la vie ouvrît de nouveau devant moi le plus périlleux traquenard.

*
* *

AU-DELA de la treille, le jardin aboutissait à une maison basse, de couleur grisâtre et sans caractère; une terrasse dallée et ceinte par une balustrade l'en isolait. Un vieux cèdre se penchait sur sa gauche. Le violoniste jouait debout, la tête inclinée sur l'épaule, - jouait pour une grande jeune femme blonde et masquée, habillée d'un extravagant costume vénitien, à la mode du XVIIIe siècle, et qui dansait sur place une sorte de menuet, avec beaucoup de gaucherie.

Le musicien était déguisé aussi; un simulacre de carton blanc lui cachait le visage. Non loin d'eux, un gros homme en veston, sans faux-col, assis devant une table de jardin, les regardait, — et parfois il tournait la tête, soit pour remplir son verre, soit pour essuyer ses yeux avec un mouchoir. Pour quelqu'un qui souffrait du mal étrange dont j'étais atteint, la scène avait un caractère si impressionnant que j'en fus, pour ainsi dire, tout sensibilisé; j'en pris la photographie non seulement avec ma rétine, mais avec ma moelle épinière, avec tous mes centres nerveux. Il y avait dans l'étrange réunion de ces trois êtres quelque chose d'anormal; il s'agissait ici, je le sentais bien, d'un autre phénomène qu'une répétition en plein air, — explication que ma raison, toujours bienveillante, m'avait fournie d'abord.

Le violoniste jouait toujours et Scarlatti répandait dans l'atmosphère du jardin un si mystérieux enchantement que je vis bien d'autres scènes se peindre devant mes yeux; de nouvelles danseuses sortirent du cèdre et formèrent une ronde moqueuse autour de la maladroite; un petit valet, dansant aussi, apporta une table grossièrement peinturlurée et, avec une courge en guise de flacon et un chrysanthéme desséché à la place de verre, il singea les gestes du gros homme sans faux-col. Au balcon de la maison, une vieille dame en perruque apparut, qui brandit une baguette noire, comme pour exorciser son domaine. Celui-ci en avait grand besoin; cinq six diablotins venaient d'y pénétrer; ils suivaient un poète aux longs cheveux, aux bas de laine tricotée retombant sur ses chaussures et qui courait, de ci, de là, d'un air égaré, en appelant au secours. Les diablotins tiraient les basques de son habit, semaient des pois fulminants sous ses pas et récitaient en s'en moquant de longs monologues en vers qu'ils extrayaient de ses poches; leurs figures camuses et méchantes, leurs pattes grêles, leurs yeux phosphorescents, leurs touffes de cheveux embrasés ne me laissaient aucun doute sur leur infernale origine. Était-ce là une vision? Ce qui a eu lieu ne s'interrompt jamais complètement. Tout cela s'était certainement passé autrefois dans ce jardin; il en était resté peut être des molécules imperceptibles, mais qui, flottant encore d'une manière latente, conservaient assez d'énergie pour impressionner un sensitif de mon espèce.

Bientôt se présenta un gentilhomme en grand manteau blanc, l'épée au côté. À sa vue, les diablotins effrayés se refugièrent sous une chaise, le poète se rapprocha et, sortant un long rouleau de sa poche, se prépara à faire lecture d'une ode de sa façon. Mais le jeune homme s'était avancé vers la danseuse et s'efforçait de lui prendre la main. Poussant un cri d'horreur, elle avait reculé devant lui, elle se débattait avec des gestes convulsifs. Tout son corps tremblait d'effroi.

Les petits diablotins se tordaient de joie sous leur chaise.

Soudain, la musique se tut, le violoniste reposa son instrument; et dans la même minute, ballerines, petit valet, vieille dame à perruque, poète, diablotins, patricien, tout s'évanouit. Il ne restait plus sur la terrasse éclairée par une mauvaise lampe à pétrole qu'une grande femme déguisée qui haletait de fatigue, qu'un musicien de mardi-gras qui essuyait son front et qu'un gros homme vulgaire pleurant dans ses mains jointes.

La danseuse enleva son masque et sa vue me bouleversa; ce visage long et pâle, ce nez droit, ce menton mollement arrondi, mais bien dessiné, ces tempes bleuâtres, ces yeux étroits et légèrement bridés, ce cou plein, cette gorge qui, avant de se diviser, montrait le plus bel espace de chair pure, tout cela éveilla en moi un de ces transports brisants auxquels je n'étais que trop sujet et qui devenaient vite, je le répète, un véritable délire de sympathie. J'avais la gorge serrée ; mon cœur battait, j'aurais voulu courir à l'inconnue, me prosterner à ses pieds, lui baiser les genoux — et lui dire quoi?

Non pas certes lui parler d'amour, mais de l'univers; non pas lui prodiguer ces sottes paroles qui sont devenues le privilège des chefs de rayon sentimentaux, des maroquiniers galants; mais l'entretenir des autres merveilles de ce monde auxquelles elle s'apparentait; la comparer à Cassiopée, à l'oiseau de Paradis, à la fleur du cerisier, quand pas une feuille n'a poussé encore et que tout l'arbre est habillé, comme un ange, d'ailes de nacre; au ceste de Vénus enfin, vivante écharpe des profondeurs marines. Il est vraisemblable qu'elle ne m'eût pas compris.

Je n'eus pas l'occasion de me compromettre ainsi, ni de révéler mon *moi* véritable. Le buveur se leva et vint prendre la danseuse haletante sous son bras pour la conduire dans l'intérieur de la maison, elle marchait avec peine, comme une hallucinée; le musicien les suivit.

Une vieille femme sale, dépeignée, en savates, vint nettoyer la table souillée de vin et emporter les chaises, le *fiascho*, le verre et la lampe. Une des fenêtres de la maison s'éclaira. Je demeurai longtemps dans l'ombre, intrigué, cherchant le sens de cette énigme.

Puis quelqu'un apparut de nouveau; je reconnus le musicien à la boîte qu'il portait sous le bras, mais il était vêtu comme vous et moi, sauf qu'il avait un pardessus fort râpé, ce qui n'est peut-être point votre cas.

Je me glissai derrière lui sans qu'il me vît et je l'interpellai quelques mètres plus loin. Heureusement qu'il comprenait autre chose que le dialecte vénitien. Il me répondit maussadement, mais poliment. Je lui demandai la permission de faire quelques pas avec lui. J'étais étranger et le quartier m'était inconnu.

— Il n'y a pas de ville plus honnête que Venise, me dit-il avec humeur. Sans quoi, avec les facilités qu'on a, chaque matin, on repêcherait quelqu'un.

— Non, ajouta-t-il, après quelques minutes de silence, à Venise, les dangers ne viennent pas de l'extérieur, les dangers viennent de là . . .

Et il se frappa le front avec un doigt. Je pensai à tout ce que je venais de voir dans le jardin et j'eus tout à coup peur de moi. Cette maladie bizarre, ces troubles de la sensibilité n'étaient-ils pas les prodromes d'une psychose véritable dont les premiers phénomènes graves venaient de m'atteindre?

— Monsieur, lui dis-je, vous allez me rendre un grand service. J'ai les nerfs malades et suis à Venise pour me soigner. Or, cette nuit, errant dans ce quartier, j'ai entendu jouer si divinement une sonate de Scarlatti que, suivant les sons jusqu'à leur origine, j'ai pénétré dans le jardin dont vous venez de sortir. Dites-moi, je vous prie, si ce que j'y ai vu était réel ou si je suis halluciné.

— Vous avez vu une pauvre jeune fille en robe de bal qui dansait sous un cèdre et un malheureux violoniste harnaché d'une souquenille d'un autre siècle?

— Oui, dis-je, soulagé.

Je ne soufflai mot des autres scènes fantasques, je soupçonnai bien qu'elles n'étaient pas littéralement exactes, malgré la précision avec laquelle elles avaient frappé ma rétine.

— Eh bien, vous n'êtes pas fou, dit-il, du moins pas plus que nous.

— Mais que signifie tout cela?

— Ne me demandez rien, Monsieur, et oubliez cette soirée. Éloignez-vous de cette maison et n'y revenez pas. Elle a toujours attiré le malheur. Autrefois même, m'a t-on dit, elle était habitée par un poète qui avait des hallucinations et se croyait victime du Mauvais Esprit. Le poète est mort, mais je crois que le Mauvais Esprit y loge encore.

Troublé par ce rapprochement inattendu entre un fait sans doute réel et mes demi-visions, je suppliai mon compagnon de m'en dire davantage. Mais il hochait la tête:

— Laissez ces pauvres gens où ils sont. Il ne peut rien arriver de bon à qui les fréquente.

— Mais vous-même . . .

— Les raisons qui m'attirent ici sont les plus impérieuses du monde. D'ailleurs, j'ai de grandes obligations à M. Lambuschini.

— M. Lambuschini, c'est ce gros homme sans faux-col?

— Oui.

— Qui est-ce?

— Si je vous le dis, vous me laisserez en repos?

— Je vous le jure.

— Eh bien, M. Lambuschini est un ancien procureur du roi, qui a donné sa démission, après avoir eu la preuve qu'un pauvre diable, dont il avait obtenu la condamnation et qui est mort fou dans sa cellule, était un innocent. Maintenant, adieu!

Nous étions devant le pont du Rialto. Uni à son reflet, il formait un noir anneau à travers lequel passait la chevelure de l'eau blanche. Les palais voisins s'abaissaient vers elle comme pour la saisir. Plus loin sautait hors des toits la fusée d'un campanile.

Le violoniste s'était évanoui dans l'ombre; les nerfs vibrant sur place, les yeux encore extasiés, je ne pensais plus qu'au moyen de connaître M. Lambuschini et de pénétrer dans ce jardin bizarre, où j'avais vu danser une des plus belles créatures de ce monde.

JE n'avais d'autre relation à Venise qu'un petit banquier avec lequel un de mes amis m'avait mis en rapport. Je courus lui demander s'il connaissait un certain Lambuschini et s'il pouvait me présenter à lui.

Quand quelque chose embarrassait M. Ettore Macchi, il levait en l'air l'index gauche et l'abattait furieusement sur sa narine gauche qu'il maintenait quelques secondes ainsi comprimée, le bout du nez dévié vers la droite.

— Pourquoi voulez-vous rencontrer M. Lambuschini qui est un homme déchu et sans le moindre intérêt? Enfin! Rien n'est plus facile. Vous dînerez avec lui. C'est un de mes clients.

Je répondis que les contes que l'on m'avait faits de lui avaient piqué ma curiosité, mais nul n'était besoin que je me misse en frais de mensonge. M. Macchi ne m'écoutait plus. On l'avait prié de se mettre à ma disposition; il se trouvait que mon seul désir fut absurde. Cela lui était bien indifférent! Il faisait ce qu'on attendait de lui; et voilà tout.

Nous dinâmes ensemble, quelques jours après,

dans un petit restaurant de la *Merceria*, tout suintant d'humidité. M. Macchi avait invité aussi une Mme Brancadoro dont il me laissa entendre qu'elle était l'Égérie de M. Lambuschini et peut-être même quelque chose de plus. Elle s'occupait, ajouta-t-il, d'un commerce d'antiquités. En réalité, c'était une sorte de courtière qui trafiquait un peu de tout. Je l'ai toujours jugée capable de toutes les vilenies, mais je dois avouer que je n'ai jamais eu la preuve de son indignité. Elle semblait dominer complètement M. Lambuschini; son aspect masculin, sa forte lèvre moustachue, ses yeux sonores, sa voix métallique, les bijoux dont elle était bardée, les torrents de parfums qui s'échappaient de ses moindres gestes, eussent d'ailleurs inspiré un respect mitigé de terreur à des hommes plus redoutables que ce pauvre M. Lambuschini que la vie avait broyé. Mme Brancadoro me demanda si je n'avais pas rencontré à Paris des amies qu'elle y avait, une comtesse Belmonte, une marquise di San-Lorenzo. Il me suffisait d'écouter Mme Brancadoro pour savoir que ces personnes n'avaient jamais existé, qu'elles ne figuraient en ce moment dans la conversation que pour éblouir M.Macchi, moi-même et surtout M.Lambuschini.

— J'étais au couvent à Padoue avec Luisa Belmonte, disait Mme Brancadoro. Malheureusement, elle a épousé un joueur qui a mangé sa dot dans tous les casinos d'Europe et qui s'est tué. Elle est maintenant dame de compagnie. Elle fait la lecture à une de vos vieilles duchesses dont j'ai oublié le nom.

Mme Brancadoro était prudente; il était sage de sa part de laisser dans un vague bienfaisant l'identité de la personne qui avait recueilli une telle fiction. La marquise di San-Lorenzo avait eu un destin plus extravagant encore, — si extravagant qu'au cours d'une des aventures qui nous furent racontées, son existence elle-même me parut gravement menacée par les sarcasmes et les questions vétilleuses de M.Macchi.

Je remarquai que M.Lambuschini buvait beaucoup. Parfois je retrouvais dans son attitude et dans son regard l'homme accablé du jardin aux courges; parfois, au contraire, l'ancien procureur du roi reparaissait; il se remettait à porter beau, il plastronnait et s'efforçait de parler avec une verve piquante qui avait malheureusement quelque chose de solennel, d'emphatique et de démodé. Cependant M. Macchi traitait sa narine comme un forgeron son enclume.

Quand nous nous séparâmes, M. Macchi ayant galamment offert à Mme Brancadoro, qui demeurait du côté de San Salvatore de la reconduire dans sa gondole, je demandai à M. Lambuschini de le raccompagner jusqu'à sa porte. Il accepta avec reconnaissance, étant déjà à moitié ivre, et sitôt que nous fûmes seuls, je l'entraînai dans un bar de la *Frezzeria* où je l'invitai à goûter d'une vieille *grappa* que je connaissais bien. Il n'était plus en état de refuser. A minuit, nous nous remîmes en route, non sans peine, car M. Lambuschini voulait persuader au garçon que le bar dût rester ouvert jusqu'à l'aube.

NOUS avancions lentement; M. Lambuschini titubait et s'appuyait à mon bras. À tout moment, il s'arrêtait et reprenait le cours obscur d'un récit mille fois interrompu. J'y démêlai peu à peu l'histoire d'un sien ami, descendant d'une antique famille patricienne, homme de grand mérite et de grand savoir, que des malheurs immérités avaient contraint d'abandonner le monde et de se vouer à la plus austère retraite. Ce personnage qui avait montré dès le berceau une extraordinaire précocité, qui étonnait tous ses amis par la sagesse de ses jugements et l'ampleur de ses vues; qui, fin politique et diplomate de valeur, s'était, tout jeune encore, taillé une place enviable dans l'État, je compris enfin que c'était l'ivrogne qui hoquetait à mon côté et me soufflait au visage une haleine d'alcoolique. Du moins, M. Lambuschini aimait-il à se peindre sous ce portrait flatteur. Il se montrait plus vague encore sur la catastrophe qui avait brisé le fil d'or de cette éclatante destinée; il y était question d'un accident de chasse, d'un rabatteur atteint par la balle d'un fusil, du remords et du chagrin inconsolables du criminel involontaire. Cette grossière histoire, cette image simplifiée à outrance et d'une conception si humble, voilà donc tout ce qui restait aux yeux de M.Lambuschini d'un drame où il y avait eu du noble et du complexe! Je me dis une fois de plus en l'écoutant que les hommes ne sont même pas capables de concevoir la grandeur de leur infortune et que Prométhée sur son rocher ne se croyait peut-être qu'un inventeur malchanceux et ruiné par un concurrent adroit. À l'abri de la légende qu'il s'était forgé, M.Lambuschini pouvait donc s'abandonner à son goût pour la *grappa* et pour Mme Brancadoro. Mais je m'étonnais qu'un homme, qui avait montré une conscience, somme toute, fort délicate, dans des conjonctures où tout autre se fût tiré d'affaire avec cynisme, ne pût supporter le spectacle d'une vérité tout à son honneur et préférât lui substituer je ne sais quelle vulgaire imagination. Je m'étonnai moins de l'intimité de M.Lambuschini avec Mme Brancadoro: chacun d'eux avait besoin de l'autre comme d'un auditeur complaisant qui pût en quelque sorte contresigner ses mensonges.

Mais quel lien y avait-il entre la déchéance de M.Lambuschini et la mascarade du jardin? J'essayai en vain de faire allusion aux concerts nocturnes que j'avais ouïs; soit ivresse, soit prudence, je ne pus rien tirer de mon compagnon. Cependant nous arrivions devant la maison de l'ancien procureur. Il ouvrit la petite porte et m'invita à boire chez lui.

— Le dîner de notre ami m'a donné une soif du diable! disait-il. Les truffes blanches étaient trop salées.

C'était une occasion unique de surprendre l'intérieur de M.Lambuschini. Nous traversâmes le jardin obscur où je ne sais comment il se fait que M. Lambuschini ne tomba pas vingt fois. Une petite lampe-pigeon l'attendait dans l'antichambre, il me fit entrer dans une pièce maussade et moisissante, meublée de sièges de velours rouge et de palissandre. Peut-être m'attendais-je à trouver quelques délicats vestiges d'une Venise baroque, mais la laideur et le mauvais goût régnaient sur chaque objet. Aux murs, de grands cadres noirs, comme des bordures de lettres de faire-part, mettaient une marge funèbre à des

agrandissements photographiques de visages rendus plus funèbres encore par l'absence de toute expression.

M. Lambuschini revint avec une bouteille d'Asti. Il s'assit devant un guéridon boîteux et levant son verre vers la suspension au globe vert, il commença de chanter à tue-tête, mais d'une voix fausse, une barcarolle écœurante. J'étais horriblement mal à l'aise et déplorais mon étourderie. De quel droit profitais-je de l'égarement d'un malheureux pour m'installer à une heure du matin dans une maison où reposait une pauvre enfant?

— Chut! dis-je, vous allez réveiller votre fille.

— Mais quoi! qu'est-ce que... qu'est-ce cela fait? Elle boira avec nous! Ah! Ah! la chose est excellente! Renata boira avec nous!

Il poussait d'énormes éclats de rire et frappait le guéridon en cadence avec son verre, qui, par miracle, ne se brisa point.

Ce que j'avais prévu arriva. Une porte s'ouvrit, et dans l'embrasure apparut la danseuse de l'autre nuit. Ses cheveux d'un blond roux, coiffés pour le sommeil, lui donnèrent à mes yeux je ne sais quel aspect de Gorgone. Peut-être avais-je bu, moi aussi, plus que de raison, pour entraîner M. Lambuschini, qui n'avait, certes, pas besoin de cet exemple. Mlle Lambuschini avait revêtu à la hâte une robe de chambre salie et déchirée dont la misère me fit mal; elle n'avait pas passé de pantoufles et ses pieds nus posaient à même le parquet poussiéreux. Je remarquai la longueur et la finesse de leurs orteils.

— Père, cria-t-elle, avez-vous perdu la tête?

Mais elle eut à ma vue ce mouvement d'horreur que j'avais cru surprendre pendant que la sonate de Scarlatti m'imposait la vision d'un gentilhomme en manteau blanc. Tout n'était donc pas fausseté et mensonge dans mon imagination! Comme alors, les mains de la jeune fille essayaient de repousser un assailllant, comme alors, je la vis secouée par des réflexes convulsifs.

— Qui est cet homme? cria t-elle. Pourquoi est-il là? Qu'il s'en aille! Qu'il s'en aille!

L'ivrogne se leva et dans une lueur de clairvoyance répondit:

— Eh! ne reconnais-tu pas le comte Pepoli?

Ce mot agit comme un talisman. Mlle Lambuschini cessa de trembler et s'approcha de moi.
— Êtes-vous vraiment Alessandro Pepoli?
— Oui, oui, grommela l'ancien procureur à mon oreille, en me donnant à travers la jambe sous la table un coup de pied à me briser le tibia.
— Oui, oui, répondis-je.
La jeune fille m'examinait. Elle était plus belle encore que je ne l'avais vue. De près, la finesse de sa peau avait une douceur extraordinaire et ses yeux bridés laissaient glisser une sorte de rayon, mi-bleu, mi-vert, à la fois timide et sauvage.
Le désespoir s'empara de nouveau de moi. La vue de cette enfant me donnait une frénésie de tendresse et de nostalgie amoureuse, dont il me semblait que nulle action, nulle parole humaine n'eussent traduit la trouble violence. Il me venait un tel besoin de me fondre en elle et de l'absorber en moi que la possession la plus complète et la plus assouvie m'eût paru à peine un dérivatif maladroit. À ce nouvel épanchement de désir, je dus reconnaître combien j'étais loin de la guérison. Navré à la fois de ma faiblesse et du caractère

inaccessible de Mlle Lambuschini, je me mis à pleurer. (Je répète que j'avais fait largement honneur aux propositions bacchiques de mon hôte). Contrairement à tout ce que j'en aurais pu attendre, cette marque lamentable de nervosité fit plus pour émouvoir la jeune fille qu'une déclaration passionnée.

— Vous pleurez? me dit-elle.

— C'est de honte, répondis-je, et d'admiration. Elle s'assit près de moi et me regarda avec sympathie.

— Vous n'êtes pas le comte Pepoli, c'est dommage, mais vous pourriez l'être et je ne vous en veux plus. Il aurait été tout-à-fait comme vous.

— C'est le comte Pepoli, répéta son père avec un entêtement d'ivrogne.

— Taisez-vous, Papa, dit-elle, en élevant la voix, je suis lucide ce soir. Ne cherchez pas à m'égarer. Je suis une pauvre fille, ajouta-t-elle, et j'ai souvent besoin du comte pour me consoler.

— N'est-il pas très beau? lui dis-je.

— Très beau.

— N'a-t-il pas un grand manteau blanc et une épée au côté?

— Comment le savez-vous? fit-elle en se mettant à trembler.

— Je l'ai vu, l'autre nuit ici, dans le jardin, pendant qu'un violoniste jouait une sonate de Scarlatti.

— Est-ce vrai, ou bien me mentez-vous aussi? Que faisais-je? Le prenais-je dans mes bras ou bien m'écartais-je de lui?

— Vous le repoussiez avec horreur, vous faisiez les mêmes gestes que tout-à-l'heure quand vous m'avez aperçu.

Mlle Lambuschini haletait.

— N'avez-vous pas vu autre chose? Parlez! J'hésitai à répondre; l'atmosphère de la maison me causait un malaise indescriptible.

— Il y avait aussi, dis-je à voix basse, un poète poursuivi par cinq ou six diablotins qui lui faisaient des niches et se cachaient sous les chaises.

— Ah! fit la jeune fille avec un grand cri joyeux, vous avez vu tout cela, vous aussi! Et ils disent que je suis folle. Papa! papa! cria-t-elle en secouant l'ivrogne par le bras, tu vois bien que je ne suis pas hallucinée.

— Tant mieux! dit l'ancien procureur en levant

son verre. Mais cela ne m'étonne en rien. J'étais sûr que ce jeune homme te comprendrait. Aussi malgré l'heure tardive n'ai-je pas craint de te l'amener. Buvez, Monsieur... Excusez-moi, mais je crains d'avoir oublié votre nom. Ne serait-ce pas Grandbois?

— Non, non, je m'appelle Marcel Hauverger.

— En effet, en effet. Je perds la mémoire depuis quelque temps, pardonnez-moi. Oui, je dis bien, buvez, Monsieur Leverger. Je suis trop vieux pour voir le bonheur de ma fille. Un honnête homme, Monsieur, ne doit jamais avoir d'accident de chasse. Pas d'accident de chasse, tout est là! Mais si Renata, un jour, est seule au monde, je voudrais savoir que vous veillerez sur elle. J'ai eu confiance dans votre caractère au premier regard que j'ai porté sur vous. Je vous recommande ce que j'ai de plus précieux au monde. Peut-être, en effet, n'êtes-vous pas le comte Pepoli, mais, ma fille a raison, vous mériteriez de l'être. Il se mit à pleurer.

Mon angoisse augmentait. Qui était fou de M.Lambuschini, de sa fille ou de moi? Ou bien l'étions-nous tous?

Le grand salon en désordre, sous la suspension lugubre, la lampe dont la clarté baissait, faute de pétrole, les ombres étroites qui s'allongeaient sur les murs, les agrandissements aux prunelles sans vie, ce gros homme rouge qui vociférait en pleurant, cette belle jeune fille, tremblant de froid et de peur dans une vieille robe de chambre aux hideuses bigarrures, ses pieds blancs posés sur les barreaux de sa chaise, — ce qui lui remontait très haut les genoux, — la fatigue qui accompagne l'insomnie après deux heures du matin, les émotions extravagantes de cette soirée, tout cela formait autour de moi un cercle si oppressant que ma respiration en était gênée.

J'aurais voulu fuir, et en même temps, j'avais besoin de demeurer auprès de Renata; pouvais-je l'abandonner à cet alcoolique? Il me semblait qu'en demeurant je forcerais la naissance d'une miraculeuse aventure. Renata n'allait-elle pas se jeter dans mes bras, comme elle croyait se jeter dans ceux du comte Pepoli, qui n'existait sans doute pas davantage que les relations de Mme Brancadoro ou que l'ami de M. Lambuschini, mais que j'avais vu cependant ou seulement cru voir?

M.Lambuschini s'endormait; il inclinait lourdement la tête sur sa poitrine et commençait de ronfler. J'étendis la main vers Mlle Renata, mais elle eut un léger soubresaut et je vis passer sur son visage une telle expression de détresse et de supplication que j'eus pitié d'elle.

— Puis-je vous quitter ainsi? lui dis-je. N'avez-vous pas besoin de moi? Monsieur votre père me paraît souffrant.

— Non, il dormira ainsi jusqu'au matin, puis il ira se coucher et ne reparaîtra pas avant demain soir. J'y suis habituée. Ne vous inquiétez pas.

Elle se leva, et au lieu de me tendre la main, elle recula vers le fond du salon; sa robe de chambre bâillait; sur sa poitrine blanche, de longues veines sinueuses formaient la même géographie sensuelle et bleue qui se ramifiait à ses tempes. J'aurais voulu m'emparer de ces pieds nus et les réchauffer avec mes lèvres. Je sentais qu'ils avaient froid, et ce froid me glissait par tout le corps, m'obligeant à frissonner aussi. Mon ancien pouvoir de métamorphose agissait de nouveau: je me transformais peu à peu en cette jeune fille craintive et j'éprouvais la vie avec ses organes.

— Laissez-moi, dit Renata.

Je me dirigeais vers l'antichambre. Mais au moment où j'allais en franchir le seuil, elle me cria:

— Je vous en supplie! Revenez! Revenez!

***

JE fus en proie à une sorte de délire quand je me retrouvai dans l'étroite rue sur laquelle donnait le jardin. J'ignorais tout du quartier; je m'y perdis et j'errai au hasard entre les maisons silencieuses. De loin en loin, je traversai un pont au-dessus de l'eau huileuse où se décalquaient les feux pâlissants des réverbères, et le bruit de mes pas retentissait si fort que j'en étais irrité moi-même. Les mille détails de cette étrange nuit me revenaient en foule, multipliés par cette table de résonnance que j'étais devenu. Je ne pouvais douter qu'il se fût formé entre cette jeune fille et moi, et sitôt que je l'eusse vue, un lien extraordinaire et que l'attrait qui me portait vers elle ne fut, cette fois-ci, d'une tout autre nature que cette passion d'attachement dont j'ai déjà parlé. Tout en marchant, je fredonnais l'air de la sonate de Scarlatti; il n'en fallait pas davantage pour que je revisse Renata, dans son bizarre costume, tourner sur place comme une poupée animée. Le mystère entr'aperçu ne s'était pas dissipé au cours de ma visite à M. Lambuschini: bien au contraire. L'angoisse qui planait sur cette maison me poursuivait encore. Mais je me représentais la grande poitrine blanche de la jeune fille ou l'étroite forme de ses pieds aux longs orteils et je m'abandonnais aussitôt à l'exaltation.

J'avais hâte d'arracher Renata à ce déplorable milieu; il me semblait que la santé lui reviendrait si je réussissais à l'éloigner de cette maison moisie, de ce père indigne, de cette Mme Brancadoro qui avait le physique et les façons d'une maquerelle. Mais où entraînerais-je Renata?

Ah ! que les routes du bel univers sont variées ! Voici des prés qui plient mollement, tout constellés de primevères ; voici des plaines mouvantes comme la mer et dont chaque vague est un amandier en fleurs poussant son écume jusqu'aux soubassements d'un autel de rochers; voici un cloître aux arches grillées dont le préau intérieur forme une vraie forêt tropicale, voici un pavillon tout blanc qui voit à chaque seconde une eau furieuse lui arracher son reflet, qu'un remous suivant lui rend aussitôt avec un tremblement de convoitise, voici . . .

Des conceptions sans suite me venaient à l'esprit, morceaux de souvenirs et de rêves rivés ensemble à la même chaîne d'images, lectures déformées, légendes mal comprises. Le grand magasin des accessoires mentaux n'était ouvert tout à coup dans son désordre et son luxe de travestissements; pas un sentiment qui ne muât à mesure que je l'examinais, pas un être qui ne se tournât en allégorie; pas un acte qui ne prît figure de pressentiment ou d'indication. J'entrais dans les caves de la magie secrète, au milieu des ombres errantes, des caprices et des cérémonies mystérieuses de l'esprit. J'assistais à d'étranges investitures, à de fabuleuses simulations, à des réincarnations inattendues. Le mythe de Renata se formait et s'intégrait à ma vie nouvelle; c'était comme ces rites du printemps où l'on immole l'image de l'hiver pour hâter le renouveau.

Le vœu de délivrer la jeune fille n'était qu'une forme de mon désir de guérir moi-même; dans ces visions de régions pures où je rêvais de l'entraîner, je cherchais le chemin d'une fontaine de Jouvence qui me ressusciterait. L'extrême fatigue et une demi-ivresse me communiquaient ainsi une lucidité dont je savais que je serais privé le lendemain. Car la clairvoyance de ces heures exceptionelles ne laisse que peu de traces dans le jugement général de l'homme; il est rendu aussitôt après à sa duperie, comme s'il ne pouvait vivre d'une façon supportable qu'à condition de se piper.

Cependant, errant toujours de ci de là, je finis par tomber sur le Campo San-Aponal; je l'avais déjà traversé, je savais à peu près sa place dans les circonvolutions de la ville; cela ne m'empêcha pas de tourner le dos à mon chemin et d'aller échouer dans un Campiello Albrizzi qui m'était inconnu. Je revins sur mes pas, traversai de nouveau le Rio di San Aponal, le Rio della Madonetta et me trouvai enfin dans l'énorme Campo San-Polo. L'aube se levait alors; aube étrangement pure et verte sur une ville sans vie. Jamais je n'avais vu réveil du jour sur un silence et une solitude pareils; c'était la lumière du Jugement dernier, mais sans ses trompettes. Le tissu de la nuit s'était desserré peu à peu, des failles plus claires s'étaient faites dans son grain lisse et serré, puis élimé lentement; il s'était coloré d'une irisation générale. Mais cette approche foudroyante de la lumière ne déterminait aucun réveil humain; les maisons grandissaient avec les rayons, mais nul volet ne s'ouvrait. De vastes sources d'argent jaillissaient du ciel, mais nul regard, hormis le mien, n'y cherchait sa nourriture.

Ma lassitude augmentait; une interminable espace de temps, me semblait-il, s'était écoulé depuis que M.Macchi m'avait présenté, au restaurant, à Mme Brancadoro; je portais sur mes épaules une tête en coquille d'œuf dont les cellules calcaires étaient tiraillées en tous sens. Je me sentais trop brisé pour reprendre ma route; j'avais froid et sommeil. Je m'assis sur le seuil d'une porte, attendant l'ouverture d'un café. Et je me laissai aller à une somnolence heureuse et triste à la fois, tandis que les premières portes claquaient, que les premiers passants se hasardaient hors de leurs demeures et que la première aubade s'envolait d'une fenêtre ouverte.

***

SUR mes instances, M. Macchi me confia enfin l'histoire de Mlle Lambuschini.

Sa mère était morte de bonne heure. Elle en ressentit, bien qu'elle n'eut alors que huit ans, un grand chagrin qui développa encore une tendance naturelle à l'isolement et au silence. Son adolescence fut douloureuse et maladive, traversée de bronchites, de troubles de tout espèce. Son plus grand plaisir était de s'enfermer dans la bibliothèque de son père et d'y lire pendant de longues heures. Les romans étaient sous clef, mais M. Lambuschini avait recueilli avec soin ce qui concernait l'histoire de la Sérénissime. Renata, qui avait l'esprit fort sérieux, se passionna pour le passé de Venise et surtout pour ce qui concernait son XVIIIe siècle. Elle se faisait conduire par sa gouvernante au Musée Correr et rêvait assidûment devant les costumes, les mannequins sous verre, les meubles, les tableaux.

— Voilà l'époque de mon choix, soupirait-elle. Ah! que n'y ai-je vécu!

Elle avait seize ans quand éclata la douloureuse

affaire de l'innocence reconnue. La famille du condamné, mort dans sa cellule, commença aussitôt un procès en réhabilitation. La politique envenima le conflit. Désespéré, M. Lambuschini donna sa démission, abandonna le bel appartement qu'il occupait et vint loger dans une petite maison héritée de sa mère et dont les dépendances abritaient déjà un jardinier-fleuriste. Ce fut alors qu'il commença à boire et à s'afficher avec Mme Brancadoro. La subite déchéance de M. Lambuschini accrut les tendances mélancoliques et la réserve de Renata. Je suppose aussi d'après certains mots qui lui échappèrent par la suite, — et cela M. Macchi ne s'en doutait pas — que la jeune fille surprit quelque chose des rapports physiques de son père et de sa maîtresse. Cette révélation amena la première crise grave.

Un matin, après plusieurs jours de larmes sans cause et de nervosité, elle refuse de quitter son lit, elle refuse de manger. Aux objurgations de son père, d'une vieille servante, — celle que j'ai vue en savates emporter le *fiascho* vide et les verres sales, — elle répond qu'elle veut mourir, que la vie lui est à charge, que d'ailleurs elle a rendez-vous avec un homme qui l'aime, — ce fut là l'origine du comte, — qu'il l'attend au *Ridotto;* elle mêle ses divagations de détails érudits, en personne qui a trop compulsé Molmenti. Le premier médecin consulté la met à la diète, le second la saigne, le troisième conseille à M.Lambuschini de la confronter à un aliéniste. Celui-ci causa longtemps avec Renata et conclut à un trouble passager.

De fait, la jeune fille guérit assez rapidement de cette première crise, mais elle en garda une santé chancelante jusqu'à la seconde, qui fut plus sérieuse et plus longue. Après une nouvelle convalescence, Renata demeura bien diminuée; elle refusait de sortir, se tenait enfermée dans sa chambre, lisant et relisant les mêmes chers volumes. Elle parlait du comte Pepoli et des rendez-vous qu'elle avait avec lui. Elle n'y croyait pas tout à fait, mais agissait comme si elle y croyait. À force de se persuader qu'elle voyait autour d'elle des êtres et des choses d'autrefois, elle en arrivait à des demi-hallucinations, d'un caractère tantôt érotique et tantôt terrifié. Elle voyait les joueurs du *Ridotto* assis devant leur table, — le comte Alessandro Pepoli était un joueur, disait-elle, — ou des esprits infernaux qui poursuivaient ceux qu'elle aimait. Sur tout le reste, elle était sage, intelligente et d'une grande douceur; prudente dans ses jugements et raisonnable dans ses vues, mais tout contact physique lui donnait de la répulsion et le plus léger changement à ses habitudes, un état d'appréhension et d'excitation qui allait jusqu'à déterminer une crise nouvelle.

Dans son impuissance à guérir Renata, le médecin essaya du moins d'atténuer ses crises à l'aide d'une homœopathie psychologique; ce traitement consistait à lui restituer autant qu'on le pouvait l'atmosphère dont elle avait besoin. Ce fut ainsi que la présence fictive du comte Pepoli reçut pour ainsi dire son sceau d'authenticité; ainsi également qu'une couturière vint couper et bâtir pour Renata les robes dont elle rêvait et dont elle finit par avoir une pleine armoire. On lui dénicha dans un coin perdu de la ville un vieux maître de danse dont le grand'père avait encore enseigné l'art du menuet et qui en conservait quelques bribes. Ce vieillard à longs cheveux avait fini par se confondre pour Renata avec le poète qu'elle voyait dans ses visions poursuivi par les malices du Mauvais Esprit: elle l'avait pris en grande affection. Il lui racontait de bizarres histoires de son quartier que Renata transformait en légendes et mêlait à ses fantasmagories. Enfin le docteur avait imaginé, quand l'état de la jeune fille laissait deviner l'approche d'un nouvel état de surexcitation, toute une mise en scène pour la calmer: celle-là même dont j'avais été le témoin. Ce violoniste surgi de l'ombre avec un vêtement qui signifiait pour Renata que le monde dont elle souffrait ne la persécutait plus; ces airs de Galuppi ou de Scarlatti qui s'accordaient si merveilleusement avec ses tendances secrètes; ces musiques qui évoquaient les amours de femmes aujourd'hui ramenées à leur état de poussière, les légères disputes de ces temps légers, de doux raccommodements derrière la cage d'un éventail et des mélancolies d'équinoxe poignantes comme les états de transition, tout cela défaisait ce nœud de fureur et d'angoisse qui arrêtait le cours de sa vie normale au point de l'immobiliser, haineuse et prostrée, dans un pli de démence. Et portant sur elle, sur ses paniers enrubannés, sur son corsage décolleté en carré, sur ce carnaval lugubre qui la divertissait, un regard d'infinie complaisance, elle tournait monotonement et perdait dans un mirage le sentiment de son impuissance à vivre.

***

Un après midi, vers cinq heures, à demi-couché sur le balcon de ma chambre, en plein soleil, mais protégé par une de ces tentes couleur d'ocre à festons blancs qui s'étalent de Montreux jusqu'à Spalato, je me trouvai, après quelques jours de tristesse et de relâchement, dans un état inattendu de paix surhumaine.

Nous ne savons jamais pourquoi nous éprouvons ce sentiment édénique; tout porte à croire que nous gardons au fond de nous, précieusement caché, quelque témoignage d'un Paradis perdu. S'il arrive aux hasards de nos interrogations de nous révéler sa miraculeuse présence, nous jouissons soudain d'une attention sans défaillance et d'un grand bonheur de rêverie. À de tels moments, tout nous devient facile; il serait si aisé d'aimer, si aisé d'avoir du génie, et même de devenir Dieu! Amour, génie, divinité, possèdent en nous leur racine. Mais paresse et manque de foi interrompent leur développement. Au lieu de lutter pour maintenir arbitrairement notre conscience d'une personnalité autonome et hostile à tous, nous laissons se former le sentiment d'une vie si lisse, si unie, si coulante qu'elle va sans arrêt de notre cœur aux choses et des choses à notre cœur. Cet échange est physique aussi bien que moral; c'est une transfusion du sang au cours de laquelle notre organisme épuisé recevrait l'afflux de l'existence universelle: à cette heure-là, ce qui pénétrait en moi m'apportait une essence de visions; si j'en faisais l'analyse, je finissais par en isoler les mouettes aux ailes en ciseaux qui freinaient en plein vol pour se poser, les nuages joufflus qui soufflaient eux-mêmes le vent, le liquide compact et moiré, baignant le pied des maisons, et les champs de ciel enfin, labourés par le soleil et qui obscurcissaient l'horizon à force d'y perdre leurs épis d'argent.

Tout cela me portait à un sentiment incroyable d'amour; mais d'un amour qui dépassait infiniment Renata et forgeait au delà d'elle un motif d'adoration à peu près sans limite; un univers qui aurait la forme d'une femme et la protection d'une mère et qui se développerait dans un vrai songe de clarté. Ce désir d'une créature qui débordât la Création, au lieu de m'apporter je ne sais quelle trouble inquiétude, me prodiguait un bien-être mystérieux. Tout entier absorbé par la pensée de cette alliance avec ce qui n'a pas de fin, je me laissais rouler par un flot d'images heureuses qui se renouvelaient sans cesse et empruntaient aux objets extérieurs le mouvement qui les animait. Des horizons d'or s'ouvraient devant moi, dont chacun m'apportait un plaisir nouveau et me laissait entendre que le suivant serait plus délectable encore.

Je compris, ce jour-là, en quoi consistait le bonheur, mais je compris aussi qu'il ne devait être causé par rien — je veux dire qu'aucun événement venu du dehors ne pouvait avoir la moindre action sur sa naissance. S'il n'est pas dû au hasard de circonstances intérieures demeurées secrètes, il n'a plus qu'à jouer à cache-cache avec l'accidentel.

Ce fut dans ces dispositions d'esprit que je reçus la visite de M.Lambuschini.

***

CETTE visite avait quelque chose d'officiel: je le reconnus à vingt détails: M. Lambuschini était certainement sobre depuis la veille; M. Lambuschini gonflait de son corps pesant une redingote qui datait de sa grandeur et qui se couvrait de plis par honte d'avoir à vêtir un homme à ce point déchu; M. Lambuschini enfin reprit pour me parler ce ton emphatique, redondant et désuet qui contrastait avec le relâché et l'incohérent de son langage habituel. Il n'en vint que fort lentement d'ailleurs au but de sa démarche et commença par m'entretenir de généralités insupportables: état de la température, vues politiques, nécessité de l'union des races latines et autres sujets de gazette. Je finis par l'interrompre pour lui demander s'il n'avait pas d'autre préoccupation que l'avenir historique de la Méditerranée.

Il quitta aussitôt son parler grandiloquent et reprit cette humilité souvent gênante qu'il avait eue soit avec M. Macchi, soit avec moi-même.

— Ah ! s'écria-t-il, ce que j'ai à vous confier est si douloureux !

— Prenez courage!

— Si incompréhensible!

— J'essaierai de vous suivre.

— Si dégradant à raconter!

Je faillis répondre que dans ce cas il n'avait qu'à se taire et que je ne courais pas après ses confidences. Mais un regard jeté sur le pauvre diable dissipa ma colère; il faisait vraiment pitié; suant à grosses gouttes, boudiné dans sa redingote trop étroite, les joues congestionnées, il se tenait devant moi comme un de ces coupables sur lesquels il avait souvent appelé la matraque incohérente de la Justice. Je sonnai le garçon et demandai du Porto, comptant sur l'excellence de ce médicament pour rendre quelque courage à mon interlocuteur.

Mais déjà ce mot magique le ranimait et avant même que de voir la bouteille, il retrouvait le fil de ses idées.

— Peut-être n'ignorez-vous pas que ma fille est très souffrante?

— N'insistez pas, cher Monsieur. Je connais par M. Macchi le malheur dont vous êtes affligé.

— Bien. Bien. La suite sera donc plus aisée. Le docteur, pour essayer de la guérir, m'a conseillé d'entrer dans ses vues. C'est ainsi que j'ai fini par admettre avec elle qu'elle avait des rendez-vous secrets avec un certain comte Pepoli dont elle est amoureuse et qui n'existe, hélas! que dans son imagination. „N'existe" ai-je dit. J'ai tort. Je devrais dire: „existait". Car depuis votre visite, il me semble que le comte Pepoli perd de sa substance; vous l'avez détrôné. Renata a-t-elle pris au sérieux la phrase que j'ai prononcée pour expliquer votre présence tardive chez nous, ou bien, lui avez-vous plu d'une façon toute particulière? En tout cas, ma fille est amoureuse de vous.

Je me levai avec émotion; j'allai regarder sur le balcon se mouvoir les moires de l'eau. Était-ce là un de ces horizons d'or que je contemplais tout à l'heure ? Moi aussi, j'étais amoureux de Renata, mais la nouvelle que je venais d'apprendre dissipait le monde de vagues nuées au milieu duquel j'évoluais si librement. Je ne pouvais oublier que Mlle Lambuschini était une malade, presque une démente, et que moi-même j'étais venu à Venise pour y trouver le calme.

— C'est une triste mission, reprit plus humblement encore M.Lambuschini, que de venir dire à un étranger : „Ma fille est atteinte d'une maladie mentale, elle vous aime. Vous avez peut-être entre les mains le moyen de la guérir. Dévouez-vous à elle!"

Et avec une sombre violence, M. Lambuschini ajouta:

— Je sais ce que vous allez me répondre. Vous ne voulez pas, vous ne pouvez pas vous intéresser à ma Renata. Vous ne nous connaissez pas, nous ne sommes rien pour vous. Pourquoi consacreriez-vous vos soins à une enfant malheureuse, sans même être sûr du résultat? Or je ne peux rien vous promettre. Le docteur Erbeia croit qu'il y a là une chance d'amélioration sérieuse; en tout cas, c'est depuis deux ans la première fois que Renata préfère un être réel aux pauvre mirages de son imagination! Mais c'est tout. Si elle vous revoit, tout cet échafaudage s'écroulera peut-être. Réfléchissez, Monsieur, prenez votre temps. Si vous acceptez de revenir, écrivez-moi demain. Je n'ai pas besoin d'ajouter que je n'aurai guère de repos tant que je n'aurai pas reçu votre réponse.

— C'est tout vu, répondis-je. Je suis à votre disposition.

Le chapeau de cérémonie de M.Lambuschini roula à terre ; lui-même se jetait sur moi, saisissait mes mains, les portait à ses lèvres poisseuses de Porto. J'eus beaucoup de peine à les arracher à son étreinte.

— Je vous avouerai, dis-je, que moi-même depuis que j'ai eu le plaisir de voir Mlle Renata, je pense à elle avec une grande admiration. Mais il faut tout prévoir. Si votre fille guérit complètement et si elle continue de m'aimer, qu'arrivera-t-il ? Admettez que nous nous séparions. Ou elle retombera dans sa manie ou dans un désespoir peut-être pire. Dans ces conditions, envisagez-vous que je puisse épouser Mlle Lambuschini?

— Si elle guérit grâce à vous, elle vous appartiendra. Mais vous-même, Monsier, l'épouseriez-vous?

J'hésitai une seconde. Me lier dans de pareilles circonstances me parut affreux malgré l'attrait qui me portait vers Renata. Le souvenir de sa beauté et cette passion de sympathie que l'on sait furent les plus forts. Je fis signe que oui. J'en fus, dès le début, mal récompensé: car soudain solennel, M. Lambuschini étendit la main vers moi et s'écria: „Soyez béni, Monsieur!" avec une solennité si bouffonne et une telle attitude de *père noble* dans une comédie de l'ancien répertoire que je faillis en éclater de rire.

Je pris rendez-vous avec l'ex-procureur du roi pour le lendemain.

M. Lambuschini sorti, je regagnai ma place sur le balcon. L'ange de la *Dogana* me tournait délibérément le dos. Tout près de moi, à portée de la main, se balançait au-dessus des palais un énorme plat d'or rouge, fabuleux de forme et de couleur, et qui pendait du ciel comme l'enseigne d'un barbier. Mais cette lune, qu'avant la visite de M. Lambuschini, j'eusse trouvée pleine de surprise, me semblait maintenant un attribut d'opéra. Il n'était plus question de poursuivre d'horizon en horizon un amour indéterminé, vaste comme mes aspirations; le ciel se refermait sur moi. Mon heure de bonheur avait donné son meilleur fruit. Il s'agissait de rendre au réel un être qui le redoutait; et de grandes menaces obscures se levaient déjà de toutes parts.

***

ME voilà bien aventuré" me disais-je, après le départ de M. Lambuschini. C'est à moi, malade de trop aimer la vie, qu'il incombe de guérir quelqu'un qui ne l'aime pas assez. Je suis épuisé de sympathie; elle se meurt d'indifférence. Avec quoi réveillerai-je ce violon qui n'a plus de *Vibrato?* L'éloquence est vaine aux oreilles d'un moribond. Ce n'est pas avec des mots que je ressusciterai les formes et les couleurs du monde pour quelqu'un qui ne les voit plus. Quel mode d'action me reste-t-il?"
Il me fallait abandonner l'état de rêverie où m'avait surpris M.Lambuschini. Déjà me renflouait cet attrait furieux que je prends à la vie d'autrui; je faisais sur le caractère possible de Renata, sur les causes de son mal, mille constructions arbitraires, mille échafaudages douteux. Après un tel jeûne sentimental, cette aventure me donnant une nouvelle appétence, je me jugeais guéri; et comme il arrive toujours en pareil cas, mieux portant, je ne croyais à la maladie de personne. Ainsi les hépatiques jugent que chacun est envieux et les optimistes estiment que tous les hommes sont heureux. Le moi est une piteuse

fosse d'où l'homme n'a guère la force de s'élever pour projeter une vue d'ensemble sur l'univers. J'ai connu un peintre qui louchait: tous ses modèles en devenaient bigles.

Je dînai joyeusement; je rentrais dans le courant général. J'avais l'égoïsme féroce du convalescent; je ne voyais pas que mon bien-être renaissant avait pour cause le mal d'autrui. Singulier équilibre; absurde dépendance d'un monde où tout est lié.

La nuit était fraîche; les canaux chantaient. Des lanternes passaient sur l'eau avec cette cadence boîteuse des barques qui n'ont qu'un rameur. Je m'amusais de tout comme un enfant. Pour un peu, j'eusse fait des grimaces à cet Anglais, si rouge, si solennel, si Victorien encore, qui, en face de ma table, mangeait sans déplacer ses bras soudés à la nappe.

***

JE revis donc Renata dans le jardin où je l'avais aperçue la première fois. Jamais je ne m'étais senti aussi embarrassé. Je jouais une des parties capitales de mon destin avec un adversaire aussi aveugle que le jeu qu'il recevait du hasard.

J'ai toujours eu la faiblesse, — ou la force, — d'être tout entier à l'instant présent, à l'être que j'accompagne. Depuis quelques jours, j'appartenais uniquement à Renata, — à Renata qui ne s'appartenait même pas à soi-même!

Elle me tendit la main, la première, ce que son père considéra comme un signe éclatant d'amélioration. J'osai à peine l'effleurer: c'était moi qui en face de Renata lui empruntait un peu de sa pudeur.

Elle était vêtue d'une robe d'intérieur défraîchie et mal coupée; on voyait qu'elle avait perdu toute coquetterie; mais elle ne me parut pas moins belle. Elle s'assit sous la treille, sur le banc où je m'étais caché pour la surprendre. M. Lambuschini avait disparu. Un jet de soleil tombait entre les feuilles et dessinait sur le sol des échancrures lumineuses.

— *Ils* vous ont parlé de moi? s'écria soudain Mlle Lambuschini.

— Qui voulez-vous désigner par ce pronom-là?

— Vous le savez bien, eux, mon père, M. Macchi, le docteur Erbeia.

— Je ne connais même pas le docteur Erbeia.

— D'ailleurs qu'importe ? *Ils* vous ont dit que j'étais folle, n'est-ce pas?

— Personne n'a employé à votre égard un mot pareil.

— Ils vous ont trompé. Je ne suis pas folle. Pas plus folle qu'eux. Mais je leur échappe. *Ils* ont horreur de cela.

— Où leur échappez-vous?

Elle me regarda avec méfiance comme si j'étais un espion délégué par ses ennemis.

— Où je veux. Ils ne me rattraperont pas, ni personne. J'ai trouvé le chemin de ma liberté. C'est celui que tout le monde cherche. Eh bien moi, je l'ai!

Elle s'arrêta de parler et regarda sa main sur laquelle un rayon de soleil venait de se poser. C'était une main d'une oisiveté absolue; on ne pouvait se la représenter engagée dans une série d'actions continues; elle avait la blancheur des choses qui se sont développées à l'ombre, une blancheur de captivité; la forme en était étroite et un peu osseuse, les doigts, frêles, l'annulaire sensiblement plus long que l'index. Renata souffrait visiblement que le soleil pesât sur sa peau; elle secoua sa main comme pour faire tomber une chenille. Puis, ce geste lui paraissant absurde ou inopportun, elle me regarda pour voir si je l'avais remarqué.

— Je ne suis pas folle, reprit-elle, mais je ne veux pas de leur vie. Je ne veux pas de la vie de Mme Brancadero, ni de mon père, ni de M. Macchi. Alors je me suis organisé une autre vie, quelque part, loin d'eux.

— Avec le comte Pepoli.

— Avec le comte Pepoli, vous l'avez dit. Vous, au moins, vous ne me jurerez pas qu'il n'existe pas, puisque vous l'avez vu.

— Je l'ai vu en effet, avouai-je, confus.

— Vous le reverrez avec moi. À moins que votre présence ne l'offusque et qu'il ne revienne plus.

— Pourquoi ma présence l'offusquerait-elle?
Elle baissa la voix, de peur que le comte ne l'entendît.

— Il est jaloux, vous savez, terriblement jaloux. Quand mon père reçoit ses amis et boit, le soir, avec eux, il me défend de quitter ma chambre. Il a toujours peur pour moi. D'ailleurs il est très exclusif. Il déteste, par exemple, Mme Brancadoro. Il l'accuse d'avoir sur mon père la plus vilaine influence. Il est quelquefois très injuste, le comte Pepoli.

— Sans doute a-t-il raison.

— C'est ce que je me dis aussi. Après tout peut-être ne sera-t-il pas jaloux de vous. Vous vous ressemblez tellement!

— Croyez-vous qu'il m'ait aperçu le jour où je l'ai vu moi-même?

Cette question embarrassa fort Mlle Lambuschini; elle l'introduisait dans un dédale de problèmes dont il lui était bien difficile de sortir. Elle finit par me répondre avec gêne que le comte ne lui avait pas encore parlé de moi.

— Si vous êtes aussi heureuse de l'amour que le comte Alessandro vous porte, demandai-je à Renata, pourquoi le repoussez-vous ainsi quand il s'approche de vous?

La jeune fille cacha son visage dans ses mains et s'écria:

— Il ne faut pas me demander cela! Non, non, ne me le demandez jamais... D'ailleurs, je ne saurai pas vous répondre. Il y a dans le comte quelque chose qui me fait peur...

— Mais moi, lui dis-je, en me rapprochant d'elle, vous fais-je peur aussi?

Elle écarta ses mains et fixa sur moi le regard fier et anxieux de ses yeux bridés.

— Je crois que non.

— Si je venais vous chercher un de ces jours, consentiriez vous à faire avec moi une promenade dans Venise?

Elle commença aussitôt de s'agiter sur le banc, elle rougit, elle parut mal à l'aise, elle chercha instinctivement la porte de la maison comme pour courir s'y réfugier.

— À Venise? À Venise? dit-elle enfin. Dehors? Dans les rues?

— Ou sur les canaux, si vous préférez.

— Je n'ai pas fait cela depuis des années, dit-elle. C'est effrayant d'y penser! Mais que dira-t-on de moi quand on me verra?

— Personne ne fera attention à vous. Les rues sont pleines de femmes comme vous qui se promènent et que personne ne regarde.

— Peut-être en effet, pourrai-je essayer de sortir avec vous. Vous me promettez qu'il ne m'arrivera rien?

— Rien. Je serai là.

— J'aimerais, je crois, revoir certaines choses, certains endroits. Mais je ne sais plus bien distinguer ce qui existe encore et ce qui a été détruit depuis un siècle. J'ai perdu le sentiment du temps, vous savez. Le *Ridotto* est-il encore ouvert?

— Non, fermé.

— Ah! c'est dommage! J'aurais eu grand plaisir à y entrer. Et le musée Correr?

— Nous irons ensemble si vous voulez.

— Oui, oui, mais plus tard, n'est-ce pas, beaucoup plus tard.

Je ne prolongeai pas ma visite ce jour-là, car je craignais de fatiguer Renata, mais quand je la quittai, elle me supplia de revenir vite.

Je rentrai chez moi dans un grand trouble, de plus en plus amoureux de cette étrange créature.

* *
*

MA vie désormais fut toute différente. J'eus à lutter contre un rival: ce rival était Alessandro Pepoli.

Renata oscillait de lui à moi avec une désespérante monotonie. Disais-je un mot qui lui déplût esquissais-je un geste qui l'offusquât, autant de gagné pour le comte Pepoli, mais au bout de deux ou trois jours, si je l'abandonnais à son ressentiment, elle désirait de nouveau ma présence et je recevais d'elle un petit billet ou elle me suppliait de revenir „à la pauvre Renata, que chacun repousse et dont personne n'a pitié".

Je lui parlais du comte en riant.

— Eh! Renata, votre amoureux vous fait donc faux bond que vous vous souvenez de moi? Qu'avez-vous à lui reprocher?

Elle me menaçait de l'index.

— Ne vous moquez pas de moi, faux ami! Si vous étiez avec moi ce que vous devriez être, aurais-je recours à Alessandro? Il me console de vous.

— Et je vous console de lui.

— Non, car lui est irréprochable. Mais moi-même je suis infidèle, hélas! profondément infidèle, vous verrez cela plus tard et je n'aime plus Pepoli comme je l'aimais avant de vous connaître.

— Vous m'aimez donc un peu?

Elle hochait la tête avec tristesse et répondait d'une voix basse:

— Ne me demandez pas de vous le dire. Je n'ai jamais avoué à un homme que je l'aimais. C'est une chose trop horrible que d'être attiré par quelqu'un qui est là, près de vous et qui peut tout sur vous.

Je la suppliais souvent de tenir sa promesse et de venir avec moi dans Venise, mais elle remettait toujours à plus tard. Nous demeurions ensemble au jardin ou nous montions dans sa chambre. Elle avait hésité longtemps à m'y conduire, mais je lui objectai un jour que Pepoli y pénétrait bien: cet argument fut sans réplique.

Je m'attendais à trouver quelque chose qui reflétât le désordre de l'esprit de Renata: je vis au contraire une pièce presque nue, blanchie à la chaux, avec un petit lit et une commode, dans un coin, peinte de papillons, une étagère sur laquelle s'alignaient quelques volumes: mémoires concernant l'histoire de la République ou vieux auteurs vénitiens. Et c'était tout: pas une photographie, pas un portrait, pas le moindre objet traînant. Cette chambre avait l'air inhabité.

— Et vous vivez ici depuis des mois? dis-je.

— Oui. Le comte s'assied là, au pied de mon lit et me raconte des histoires.

— Et vous, que faites-vous?

— Je l'écoute.

— Eh bien, dis-je, étendez-vous sur votre lit, je m'installerai sur la chaise du comte, et je vous raconterai des histoires, moi aussi, d'autres histoires . . .

Elle rougit violemment:

— Je ne me coucherai jamais ainsi devant vous. C'est abominable ce que vous me proposez.

— Pourquoi me traitez-vous autrement que lui?

Je voulais la forcer à me dire que le comte n'existait pas, je voulais savoir si elle avait fini par croire en sa réalité. Mais, me jetant un regard haineux, elle se contenta de me dire:

— Ce n'est pas la même chose. Retournons au jardin.

Je pris congé, là-dessus, un peu brusquement et Renata bouda pendant trois jours. Sans doute chercha-t-elle auprès du comte son réconfort habituel, mais Pepoli s'en allait peu à peu de sa vie.

Le billet que je reçus à la suite de cette algarade fut plus suppliant et plus lamentable que jamais. Dans toutes nos conversations, je m'efforçais de rendre à Renata la curiosité et le goût de la vie: je lui parlais sans cesse de cet immense royaume noir et doré qui s'ouvrait au-delà de son jardin et qui contenait tout ce que l'imagination la plus exigeante peut demander au monde. Je lui en dépeignais mille aspects différents, mille formes capricieuses: les salons de Paris, les bars d'Anvers, les cafés de Madrid où demi-fous, faux poètes, génies manqués, personnages de Goya, se réunissent autour d'un animateur fantasque; je lui montrais ces collines de Marseille qui dominent la mer et qui offrent aux amoureux, et presque en pleine ville, la solitude de leurs bois de pins; ces golfes de Suède, où jeunes hommes et jeunes filles, nus et beaux comme des dieux, se baignent ensemble; je lui disais qu'au Zoo de Londres on peut prendre dans ses bras et baiser avec tendresse les petits des hyènes, les héritiers des pumas, qu'à l'hôpital de la Charité, à Séville, on passe sa main sur le masque mortuaire de Don Juan; qu'à Lausanne, dans les jardins, on rencontre encore des archers; qu'à Bruxelles, dans certains estaminets, on tire à l'arbalète; que le passé et l'avenir sont partout confondus; que les marais de la Malaisie contiennent des iguanes géantes, contemporaines des ptérodactyles et des plésiausores; qu'à Cuba, les associations de nègres volent les enfants pour accomplir des sacrifices humains; qu'il y a des quartiers de New-York à Paris, des villes de la vieille province française dans la Louisiane. J'essayais de l'attirer hors de sa chambre, de la tenter par le spectacle de l'univers. Je cherchais ce qu'il y a partout d'unique, de pittoresque, de saisissant, afin qu'elle prît en horreur sa solitude et la monotonie de son désœuvrement

— Si vous saviez tout ce que je vois dans ma chambre! me répondait-elle.

— Je ne l'ignore pas. Mais notre esprit, si riche soit-il, retourne toujours aux mêmes points. Le monde est plus vaste que notre esprit.

Ces phrases la désespéraient. Elle me prenait en grippe.

***

DE loin en loin M. Lambuschini priait quelques amis à dîner. Ce n'était qu'une raison de plus pour boire, mais il aimait que ce fût en compagnie.

Ces soirs-là, plus que jamais, Renata verrouillait sa porte. Je fus invité à une de ces fêtes intimes, et bien que cela parût déplaire à la jeune fille, j'acceptai. Je n'étais pas fâché de voir la société que fréquentait son père et dont je supposais, non sans raison, qu'elle était pour quelque chose dans sa fuite.

Mais je fus déçu; il n'y avait dans le salon que quelques visages déjà familiers, Mme Brancadoro; mon ami, M. Macchi, le banquier; M. Ottavio Berlinghieri, le vieux professeur de danse qui se souvenait encore de l'enseignement de son grand'père, contemporain de la Rosalba, et M.Caprano, le violoniste. Peu après cependant survint un acteur du nom de Ghighisola, qui ressemblait à un Tibère bouffi et solennel et qu'accompagnait une maigre jeune fille, de seize à dix-huit ans, aux yeux de souris, et dont je n'ai jamais pu comprendre si elle était sa fille, sa maîtresse, sa nièce ou une de ses élèves.

Le repas fut long et bizarrement composé: à une soupe de poissons succéda un canard aux spaghettis; à des poulpes frits, une côte de bœuf entourée de champignons. Le tout arrosé sans discernement de vins blancs et rouges. Il s'en suivit assez rapidement une efferverscence générale. M.Lambuschini, métamorphosé, recevait en vieil homme du monde, usé dans les minuties du protocole, mais à l'exception du flegmatique M. Macchi qui affectait une raideur d'officier germanique, ses convives montraient le pire sans-gêne. Comme j'étais l'hôte d'honneur, on m'avait placé à côté de Mme Brancadoro qui présidait la table. Sanglée dans une robe de paillettes noires, très décolletée, elle laissait voir des bras d'homme musclé, sous une peau très brune, et une poitrine basse et tumultueuse.

Elle mangeait avec une avidité bruyante en projetant autour d'elle, sur la nappe, des échantillons de chacun des plats qui lui étaient servis.

Vers le milieu du repas, Mme Brancadoro se pencha vers moi et me dit à voix presque haute:

— Vous n'avez donc pas pu décider votre petite amie à être des nôtres ce soir?

— Mlle Renata est trop souffrante pour supporter la présence de tant de monde et une conversation aussi . . . hum! aussi animée.

— Souffrante? Quelle plaisanterie! Mais elle se porte aussi bien que vous et moi, cette chérie. Seulement elle me déteste et c'est pour cela qu'elle s'enferme. Elle me déteste parce que son père m'aime et qu'elle est jalouse de lui. C'est une simulatrice et une menteuse, votre bien-aimée. Elle joue cette comédie pour empêcher M.Lambuschini de m'épouser. Vous ne l'avez pas compris? Allons! que vous dit-elle de moi?

— Elle ne parle jamais de vous.

— Miséricorde! Ce n'est pas possible. Vous ne voulez pas me dire la vérité. Ah! si son père m'avait laissé agir, je vous jure bien qu'elle serait guérie à l'heure actuelle! Il n'y a rien de tel qu'un bon fouet pour venir à bout des obstinées. Quand ce traitement est quotidien, les plus têtues retrouvent leur raison.

Je frémis en entendant ces propos féroces; il me semblait que la pauvre Renata tomberait fatalement dans les mains de cette diablesse si je ne faisais pas l'impossible pour la sauver. Je regardais, malgré moi, ces gros bras musclés et je me représentais que le frêle corps de la jeune fille ne pèserait pas lourd sous leurs coups.

— Mariez-vouz vite avec cette mijaurée, puisque vous avez la folie de vouloir le faire, et débarrassez-nous enfin d'elle, son père et moi.

Mais de l'autre côté de la table, Caprano, le violoniste, avança un masque grimaçant. Il avait la face à ce point asymétrique qu'il semblait qu'un homme très fort eût pris sa tête dans ses deux mains et l'eût tordue comme on tord un jonc: tout son visage, de front au menton, était courbé vers la gauche et sa bouche formait une ligne quasi oblique dans ce masque contracté. Sa voix était basse, sifflante, accompagnée par une salivation qui, à travers la table, arrivait presque jusqu'à nous. Il tendit un doigt vers moi et dit:

— Si quelqu'un a le courage d'épouser Mlle Lambuschini, qu'il sache bien qu'il commettra une sorte de crime. Allez! Allez voir le docteur Erbeia, Monsieur! Il vous expliquera son mal. Il y a des êtres qui ne peuvent vivre qu'à condition de faire un songe véritable. Lorsque Mlle

Renata a une de ses crises et que je lui joue son cher Scarlatti, ou Galuppi ou tout autre grand musicien, avec toute mon âme,—je lui verse de la force pour de longs jours; je lui permets de croire qu'elle est enfin ce qu'elle rêve d'être. Avec quoi la ferez-vous vivre si vous lui arrachez tout cela?

— Et qui vous dit, Monsieur, fis-je avec douceur, que mon intention soit de l'arracher à ses mirages? Je peux bien l'épouser sans changer son existence.

— Absurdité! dit le violoniste avec violence, on ne se marie pas pour filer une fausse laine devant une Omphale somnambule, ni pour contempler de loin une fleur qui ne doit pas être cueillie. Je vous l'ai déjà dit une fois: éloignez-vous de cette maison. Vous ne m'avez pas cru; je vous le répète. Laissez à ses manies inoffensives une enfant perdue pour le monde, ne venez pas la troubler inutilement dans sa danse mélancolique et dans ses bals solitaires.

— Taisez-vous, dit Mme Brancadoro, tout le monde sait que vous êtes amoureux de Renata. A quoi bon puisqu'elle ne vous connaît pas et que si elle vous voyait sans votre masque, elle ne saurait même pas qui vous êtes!

— Hélas! dit le pauvre musicien, je suis donc aussi fou qu'elle!

Il se tut et, laissant tomber en avant son visage tourmenté, il contempla fixement son verre plein d'un vin rouge à la fois épais et écumeux et dont la saveur était perfidement sucrée.

J'entendis dans un silence la voix grelottante et cassée du vieux Berlinghieri:

— Oui, disait-il, en chauffant doucement son verre avec sa main, j'ai encore connu cette Allemagne-là: l'Allemagne des longs peupliers au bord des profondes rivières vertes et des Universités logées dans des ruines gothiques. La première chambre que j'habitai avait un énorme baldaquin et de gros rideaux vieux-rose, elle donnait sur un petit jardin où un vieil amateur dressait des cactus comme on dresse des bêtes féroces. Mes draps étaient trop courts, mais je dormais si bien sous un édredon gonflé!! Un soir, au début du printemps, je rencontrai sur un chemin noir qui conduisait aux mines une jeune fille aux longues nattes; elle tenait à la main un bouquet de primevères, de ces primevères qui ont l'air d'avoir été trempées dans de l'aleatice. Ce fut l'origine de tous mes malheurs . . .

Le vieil homme se tut; Caprano passa son bras sous le sien et lui parla à voix basse; le maître de danse hochait tristement la tête. Au dessus de nous, là-haut, dans sa chambre, que pensait-elle, ma pauvre Renata, de notre réunion? J'avais envie de tout quitter et de monter la rejoindre. Ce fut, je pense, la présence du violoniste et de Mme Brancadoro qui me défendit de le faire.

M. Lambuschini, muet depuis le début du repas, se mit soudain à parler. Il me prit violemment à partie pour me demander ce qui, selon moi, restait à faire à un homme de grande culture et de haute naissance, de cœur généreux et de sensibilité délicate, s'il a eu le malheur d'avoir un accident de chasse.

— Je sais ce que vous allez me répondre, Monsieur Duvergier (plus il me connaissait, plus il avait de peine à se souvenir de mon nom) vous lui conseilleriez la retraite. La retraite! Ah! parlons-en! Vous n'avez tous, messieurs, que ce mot à la bouche. La retraite ! . . . Ah! laissez-moi rire! Mais cette retraite n'est possible, n'est tolérable que si on y emporte quelque chose ou quelqu'un ! Sinon cette retraite, c'est le vide, c'est le néant! . . .

— Cesare, cria Mme Brancadoro, irritée des propos de son amant, ne buvez donc pas tant et taisez-vous!

Mais il ne l'écoutait pas.

— L'essentiel, continuait-il, c'est de devenir un autre homme. Et un homme nouveau. Voilà le grand secret. Qui le possède, possède le monde. Moi, j'ai échoué . . . Moi? Qui parle de moi? Il s'agit de quelqu'un qui me dépassait de vingt coudées, il s'agit d'un grand seigneur auquel choses et gens avaient coutume d'obéir. Moi, je n'ai jamais été qu'un pauvre diable à qui rien n'a été accordé et qui n'a rien perdu.

— Lambuschini, dit l'acteur, où est le gramophone?

L'ex-procureur se leva lourdement et sortit avec Ghighisola. Le repas s'achevait dans un grand désordre. Le violoniste râpait avec son couteau l'écorce d'une tranche de melon d'eau. Mme

Brancadoro s'éventait avec un extraordinaire objet à plumes qui tenait de la roue de dindon et de l'écran de cheminée. Je réentendis la voix fêlée du vieux Berlinghieri:

— Je ne reverrai jamais rien de pareil: ces rues étroites, le soir, entre des maisons à pignons; ces clochers qui nous renvoyaient en bas l'éclat de la lune; ces enseignes de fer forgé au-dessus des portes et cet angle où j'attendais toujours, au coin d'un passage désert. Au-dessus de la voûte, se trouvait une façade avec une horloge, et plus bas, une vieille peinture à demi effacée qui représentait une scène de sainteté. J'y voyais Saint Joseph avec une auréole, mais on m'a dit que c'étaient des taches de moisissure et que jamais rien n'avait été peint sur le mur. Plus loin, il y avait cette tonnelle au bord d'un jardin. Le même homme y venait chaque soir retrouver une femme qui serrait sur elle un grand châle écossais. Un soir, une voiture de poste l'attendait; il n'est jamais revenu. Jamais... Et moi aussi, un soir, j'ai attendu en vain, j'ai attendu toute ma vie...

— Vraiment, dit Mme Brancadoro en agitant

avec frénésie l'instrument de supplice inconnu avec lequel elle essayait de combattre la transpiration qui donnait à son visage un scintillement inattendu, vraiment, on est obligé de fréquenter des gens bien médiocres. Ne croyez pas, Monsieur Hauverger, vous qui me connaissez à peine, que j'ai toujours vécu dans une société aussi ordinaire. Si vous m'aviez fréquentée au temps où j'étais la meilleure amie de la comtesse di Belmonte, vous auriez trouvé en moi une femme toute différente. Mais il n'est pas possible que vous ne rencontriez pas un jour à Paris la comtesse di Belmonte et Mme Santangelo; eh bien! parlez-leur de moi: elles vous diront quelle créature élégante et recherchée j'étais alors. Mon père était dans la diplomatie, — dans la diplomatie secrète, Monsieur Hauverger: c'est la plus estimée, je ne l'apprends pas à un gentilhomme de votre rang. Mais les malheurs sont venus après mon mariage. Hélas! Je suis une victime de l'amour, comme tant et tant de femmes. Nous autres, en Italie, nous sommes des amoureuses, de grandes amoureuses, toutes...

L'acteur rapportait le gramophone et l'installait

sur un guéridon Second Empire. Son aiguille grinçait. La musique de danse qui sortit de cette boîte à vacarme donna une solennité plus funèbre encore aux agrandissements photographiques, qui présidaient à nos ébats, du haut de leurs cadres noirs. Au fond de la salle à manger, il y avait un canapé de velours bleu, encombré de coussins, d'objets disparates, de cahiers de musique en mauvais état. L'amie ou la fille de l'acteur y sauta à pieds joints et, frappant dans ses mains, cria avec violence:

— La danse turque! La danse turque!

Alors, avec des grâces ridicules M. Ghighisola prit une serviette qui traînait, la noua autour de sa tête comme un turban, enleva son col, emprunta à Mme Brancadoro un collier de verroteries vénitiennes, pareilles à des boules d'absinthe solidifiée et commença aussitôt d'exécuter je ne sais quelle mimique sauvage.

Je n'ai rien vu de plus repoussant: ce gros homme vite suant bondissait, trépignait sur place, essayait de faire des pointes de danseuse, retombait lourdement en ébranlant le plancher, tournait sur lui-même, hurlait. On voyait trembler sous sa chemise mouillée une grasse poitrine de femme. Ses tempes ruisselaient de sueur, il haletait, râlait presque, mais puisait, comme un derviche, dans sa fatigue, une nouvelle force pour rebondir. Il se roula par terre en poussant des cris, puis de nouveau debout, il se précipita sur Mme Brancadoro en criant d'une voix rauque: „Mes instincts sadiques sont déchaînés!" Elle riait à demi. Il essayait de l'arracher à sa chaise et de la soulever dans ses bras; la commère était lourde, il s'épuisait en vain. La jeune fille interrompit la scène. Soudain jalouse, elle s'élança vers l'acteur et voulut le détourner de Mme Brancadoro. Cela l'irrita à un tel point qu'il décocha à la jeune fille, à toute volée, une gifle dont elle roula à terre. Nous entendîmes le bruit que fit sa tête en heurtant le pied de la table.

Caprano et Berlinghieri coururent à elle, la relevèrent: elle pleurait.

— Une autre fois, Bianca, dit le bouffon, tu me laisseras danser en paix.

Penaud et vexé, il alla s'asseoir sur le canapé de velours. Mme Brancadoro le considérait avec admiration. J'entendis M. Lambuschini marmotter entre ses dents:

— Un seul accident de chasse ... Un seul! Et c'en est fait pour la vie! *Lasciate ogni speranza* ...

Caprano bandait avec son mouchoir le front bossué de Bianca. Berlinghieri reprenait son monologue interrompu:

— Une fois encore sentir dans la nuit tiède l'odeur des tilleuls en fleurs, voir s'ouvrir cette fenêtre où danse un miroir accroché, écouter ce bruit à peine perceptible que font en se frôlant les rayons de lune, tendre tout son être vers cette main de cire qui tremble un peu, vers ce bras nu qui descend ... Ah! misère! Comment survit-on à sa jeunesse?

Il y eut un lourd hoquet; de la bouche à la fois gonflée et contractée de Ghighisola, soudain jaillit une affreuse bouchée de nourriture ...

Je me levai sans mot dire et gagnai la rue.

***

RENATA ne me parla jamais de cette soirée; mais elle me bouda pendant quelques jours; d'ailleurs, après ces semaines de demi-expansion où elle s'était pour ainsi dire rapprochée de moi, elle recommençait de se replier sur soi-même et me montrait, sinon de l'hostilité, du moins un certain éloignement. Je m'en désespérais, car j'avais cru, qu'avec la guérison prochaine je verrais jaillir de cette chrysalide l'être merveilleux deviné dès le premier regard. Maintenant le Grand-Paon furtivement aperçu se cachait de nouveau dans les détours du labyrinthe et j'en étais réduit à poursuivre son ombre.

J'eusse été amoureux d'un tableau ou d'un fantôme que mes sentiments n'eussent pas été de trame différente; il me fallait à tout moment reconstruire un personnage sur une phrase, un geste, un regard; le reste du temps se passait en silences, en plaintes vagues, en défiance de part et d'autre. Mais tableau ou fantôme, qu'il était beau l'être que j'enveloppais d'une tendresse chaque jour plus inquiète! Cet apeurement moral et cette grâce physique, cette demi-absence et ces mouvements d'une souplesse presque animale, tout contribuait à faire de Renata une de ces créatures qui séduisent d'autant plus qu'il reste plus de secret dans leur séduction. Celle-ci, en effet, tient autant de la sorcellerie que du désir; elle excite, pour ainsi dire, ce qu'il y a de physique dans l'âme et vous inspire le rêve d'une volupté supérieure à la jouissance et qui naîtrait après celle-ci.

La femme qui n'éveille en nous que le souhait de la possession ne vous trouble qu'à demi, mais il en est dont la présence appelle des vœux si étranges que nous ignorions pouvoir les ressentir. Appréhension d'un bonheur si aigu que son attente passe en joie son assouvissement; désespoir que la beauté demeure à ce point insaisissable; haine de cette perfection qui nous demeurera à jamais étrangère; et vous, remous du désir insatiable, tels étaient les ennemis charmants que me suscitaient les gestes de Renata.

On reconnaîtra à ces signes que la maladie que j'avais espéré guérir à Venise exerçait sur moi des ravages plus grands encore qu'à l'heure où, tout frémissant d'un abus de sympathie, j'étais entré dans la gare de Lyon.

Attristé par mon échec, j'allai me plaindre à M. Lambuschini. Souffrant d'une crise néphrétique et tout gorgé de morphine, il était en proie à un optimisme tel qu'il refusa de prendre ma déconvenue en considération. Étendu sur le dos, le regard empreint de béatitude, une chemise déchirée ouverte sur sa poitrine velue, il me fit un cours de confiance. Il suffisait de quelques milligrammes de drogue pour transformer ce torturé en Pangloss, en Emerson. Il oubliait le tragique accident qui avait rompu sa propre vie, il souriait au soleil qui prenait la dimension de sa chambre à l'aide de rayons. Sur une commode vermoulue, la seringue de Pravaz, le flacon d'alcool, les salutaires ampoules traînaient pêle-mêle avec une brosse chauve, une montre à voix de grillon, le dernier *fiascho* vidé avant la première douleur et un tome dépareillé de Gozzi.

— Vous devriez cacher tout cela, dis-je montrant la pharmacie.

— À quoi bon? Personne n'entre ici que le docteur. Laissez, laissez! Je souffre moins quand je vois que le remède est proche. Il suffit d'un petit geste et la douleur est cueillie comme avec la main. Et le sommeil qui vient alors . . . Ah! quel sommeil! On n'a plus de sang dans les veines, mais du miel, de l'essence de roses, du *raboso* . . .

— Et Renata?

— Mais quoi? C'est une crise, elle passera. Vous savez bien qu'elle vous aime.

— Je commence à en douter.

— Vous n'avez pas la foi. Comment voulez-vous qu'elle guérisse? Allez, allez! Tout ira bien. J'ai pu manquer de confiance moi-même, mais aujourd'hui j'y vois plus clair. Vous épouserez Renata.

Je me retirai sans être persuadé, laissant M. Lambuschini à son paradis chimique et à ses illusions momentanées.

***

C'ÉTAIT le soir. J'étais assis près de la fenêtre ouverte de ma chambre. Je voyais à ma gauche le Génie ailé de la Douane vibrer comme une libellule dans les derniers roseaux de la lumière. Si je disais la couleur du ciel, je mentirais: le ciel n'avait pas de couleur. Quelqu'un me cligna brusquement de l'œil de l'autre côté de l'univers; c'était une étoile. Je l'appelai Vénus pour la flatter: peut-être était-ce elle. Des bruits de rames venaient du canal comme si j'eusse entendu battre le cœur de l'eau; pas d'arythmie, un son mat et bien frappé: le cœur était excellent.

Je me levai pour allumer une cigarette; j'insiste sur ces détails pour bien prouver que je ne dormais pas, que j'avais toute ma tête. Je me rassis dans mon fauteuil, je baillai, et tout à coup, je vis en face de moi un coin de ruelle humide et Renata debout à l'angle d'une maison et qui semblait attendre . . . Je vis . . . Ah! comprenez-moi! Il ne s'agissait pas d'une hallucination, mais de ce que Lao-Tseu, dans le *Livre du Revers*, appelle „la vue sans l'objet." Comme la nuit où j'avais distingué dans le jardin de Renata les

petits démons et le comte, je savais que ce que je voyais n'existait pas et cependant je le voyais. C'était comme peint sur l'air de ma chambre. Clignais-je de l'œil, je n'en apercevais pas moins la coupole ronde de la Douane et son génie et l'entrée en scène progressive des constellations. Cependant, ma rétine continuait d'être affectée par les actes de Renata.

Elle attendit longtemps, puis elle se mit en marche; elle avançait lentement, avec peine, tournant souvent la tête derrière elle comme si elle avait peur ou désir d'être suivie. Elle portait cette robe de chambre bigarrée que je lui connaissais bien. Il me parut extravagant qu'elle osât se promener au dehors dans un pareil accoutrement, mais les quelques personnes qu'elle croisa ne semblaient pas en être choquées. Elles étaient d'ailleurs toutes masquées et vêtues de noir. Elles avaient l'air d'être moins réelles que Renata, c'est-à-dire tissues d'une matière moins dense. Les maisons étaient plus hautes qu'elles ne sont à Venise, j'estimais que chacune d'elles devait avoir deux ou trois étages de plus. Je le répète: il ne s'agissait nullement d'un rêve, mais d'un phénomène analogue à celui par lequel, dans une rue, un passant peut voir se dérouler un film projeté sur une bande, en plein air; seulement le film n'était visible que pour moi.

Je me soulevai à demi dans mon fauteuil comme pour m'en aller. Mais ce que j'apercevais était si curieux que je me laissai aller en arrière, entièrement distrait par le spectacle. Renata, en effet, venait de déboucher sur un quai qui longeait à la lagune; la dernière maison était brillamment éclairée. Des hommes et des femmes y entraient ou en sortaient avec le même affolement que l'on voit aux abeilles quand elles se pressent au seuil de leurs ruches. Je supposai que c'était là ce *Ridotto* dont Renata m'avait parlé souvent comme s'il existait encore. J'eus à ce moment l'intuition qu'elle attendait le comte Pepoli. J'étais si bien pris à ce jeu singulier que j'eus au cœur la contraction et le mordillement de la jalousie. Elle se glissa sous une des fenêtres illuminées et demeura immobile; de temps en temps, un frisson de fièvre la traversait. Elle avait jeté sur sa tête une mantille noire qui lui cachait les cheveux. Maintenant il entrait moins de joueurs dans le casino qu'il n'en sortait; l'un d'eux alla jusqu'au bord de l'eau et la regarda longuement. J'eus peur qu'il ne s'y jetât. Au bout d'un quart d'heure de contemplation, il s'éloigna en vacillant. Renata se mit à courir derrière lui, mais au moment de le rejoindre, elle se ravisa tout à coup et retourna prendre son poste d'observation. Que voulait-elle lui demander?

Le comte ne paraissait toujours pas. Tout d'un coup, Renata fit un bond sur place, comme si elle avait peur de quelqu'un, puis elle recommença de courir. À tout moment, elle se retournait pour voir si on ne la suivait pas. Elle courut ainsi jusqu'à ce qu'elle arrivât devant un éventaire où une affreuse lampe à l'acétylène blanchissait une boutique de fruits. Renata acheta une grenade, la rompit entre ses doigts et commença d'enfoncer les dents dans ses grains juteux, mais à peine en eût-elle mangé quelques-uns qu'elle les cracha avec colère et qu'elle jeta le fruit au pied d'un mur.

Après quoi, elle reprit sa course folle. Je me

souvins alors que je lui avais dit quelques jours avant, combien j'aimais les grenades et je compris que c'était moi que Renata fuyait ainsi. J'en fus accablé de tristesse.

Un homme en grand manteau blanc apparut soudain. Renata croisa ses mains dans un geste de supplication et de bonheur; mais ce n'était pas le comte. Elle le regarda s'en aller avec une sorte de désespoir. Maintenant les rues étaient désertes, elle marchait de plus en plus doucement. Elle gravit les degrés d'un pont, puis s'arrêta au milieu et regarda couler l'eau: celle-ci était noire, grasse, marbrée d'huile par le reflet d'un réverbère; le ciel semblait déjà plus clair du côté de l'Orient; la nuit ralentissait son élan. On la sentait épuisée, près de défaillir, mourante enfin. Le pont aboutissait à une place étroite d'où par une calle sinueuse Renata gagna les *Frari*. Une mendiante accroupie dormait au seuil de l'église, la tête appuyée sur ses genoux. Renata la regarda longuement.

Je fus frappé à ce moment de la dimension extraordinaire des monuments au pied desquels se coulait Renata. La masse déjà majestueuse des *Frari* obstruait littéralement la nuit; la façade de San-Rocco s'étirait vers le ciel comme un corps de crucifié, et sur la façade formidable de la Scuola, des disques de serpentin se tordaient sur eux-mêmes en dégageant une manière de phosphorescence couleur d'arsenic. J'eus alors l'impression que je voyais les incidents étranges de cette nuit tels qu'ils se reflétaient dans un autre esprit que le mien et que j'en recevais inexplicablement le contre-coup. L'hallucination ne m'appartenait même pas!

Renata toucha du doigt la mendiante; elle se réveilla, se leva sans mot dire et s'en alla au long des rues étroites et compliquées comme des veines. Au bout d'un moment, les deux femmes aboutirent à une ruelle plus reserrée et plus noire; la vieille mendiante ouvrit une porte et descendit dans une cave où elle alluma un pauvre quinquet; c'était une boutique d'oiseleur; deux ou trois aras parés de couleurs éclatantes, un cacatoès à huppe citron, des perruches, des rats blancs dormaient dans des cages trop petites. Deux poules noires caquetèrent et butèrent dans les jambes des deux femmes. Et je revis avec une stupeur gênée les diablotins qui avaient déjà envahi mes regards; ils grouillaient en ricanant dans un coin de la cave, ils se bousculaient et parfois poussaient en avant l'un d'entre eux. Ils ne semblaient pas avoir de vertèbres; mous et gras, se piétinant, chuchotant, ils formaient une masse informe et mouvante qui me soulevait le cœur de dégoût. Ils tenaient à la fois du champignon, du batracien et du Kobold. La vieille mendiante sortit un crasseux jeu de cartes et le disposa devant elle; je ne pouvais voir, tant ses mouvements étaient rapides, les modifications qu'elle faisait subir aux tarots; c'était comme une prestidigitation dont le secret m'échappait. Enfin elle leva sa tête ravagée et prononça quelques paroles qui parurent consterner Renata. La jeune fille se leva et mit quelques pièces de monnaie dans la main tendue de la cartomancienne, puis reprit sa course errante. La fatigue l'accablait; elle zigzaguait comme une femme ivre. Et toujours se retournant pour voir si quelqu'un ne la poursuivait pas, elle arriva sur le bord d'un canal large, épais, coulant à ras bord; je crus reconnaître celui de la Miséricorde, mais il était moins encombré de barques qu'à l'ordinaire. Elle s'arrêta et regarda l'eau, fixement, à la façon du joueur qui tout à l'heure sortait du Ridotto: elle pleurait. Elle vint jusqu'au bord, se pencha, étendit les bras en avant et il y eut une hésitation, un vacillement de tout son corps, elle allait se jeter à l'eau . . .

J'eus si peur à ce moment que je poussai un grand cri. Que se passa-t-il alors? Il était impossible qu'elle l'eût entendu et cependant, elle se rejeta en arrière et se remit à fuir. Une seconde après, elle avait disparu de mon champ visuel.

Je me levai; j'étais inondé de sueur. Il faisait nuit pleine. Avais-je dormi? Avais-je rêvé? J'eusse juré que non. J'étais parfaitement sûr d'avoir toute ma conscience quand j'avais commencé de distinguer Renata au coin d'une maison sans cesser de voir sur le ciel le Génie étincelant de la Dogana. La succession des images m'avait-elle ensuite engourdi et entraîné à une sorte de somnolence? C'était possible, bien que j'eusse toutes les perceptions d'un homme qui à aucun moment n'a perdu son contrôle.

J'étais si troublé et si inquiet de ce qui se passait autour de Renata que je faillis sortir et me précipiter chez elle. Il était dix heures. J'étais bien sûr qu'en ce moment M.Lambuschini buvait dans quelque café; Renata était enfermée dans sa chambre et personne ne m'ouvrirait la porte. Je me gourmandai de mes frayeurs enfantines et, pour être assuré de dormir, pris une forte dose de véronal. L'air était frais, la nuit, tranquille. Une étoile pure me disait tout bas qu'elle voulait bien veiller sur moi.

DEUX jours après, je trouvai Renata plus accueillante. On eût dit qu'elle avait deviné mon tourment, qu'elle voulait m'ancrer de nouveau auprès d'elle. Elle se remit à m'interroger sur le vaste monde, sur Paris en particulier.

J'essayais d'introduire une ville énorme dans mes phrases, d'y faire tenir à la fois la tour Eiffel, l'Opéra, le Musée Carnavalet, le Trocadéro et le Moulin-Rouge; mais mon développement crevait de toutes parts. Les mots dont je me servais raccourdissaient la tour Eiffel, immobilisaient Hélène Racowitza, prenaient Mme de Sévigné en faute, aveuglaient le Musée des moulages, cassaient les ailes du Moulin. Privé de mon éloquence, je regardais un Paris démantelé, un Paris désert.

Renata riait:

— Encore, encore! Pourquoi vous taisez-vous? Vous ressemblez à un de vos proverbes: la poule qui a trouvé une clef. Dites, comment est la rue de la Paix? Est-il vrai que l'on y voit deux fois par jour les filles les plus belles de la terre?

— Oui, dis-je. Les dernières messagères de

l'Olympe y montrent aux riches Américaines des tissus éphémères.

— Que je voudrais connaître tout cela!

— Il ne tient qu'à vous. Renata, de le voir avec moi.

Son visage redevenait soucieux.

— Je vous assure que je le vois d'ici et beaucoup mieux. Je vais rêver maintenant de ces divinités qui montrent des étoffes.

— Prenez garde, mon enfant, répondis-je. Vous vous perdez de plus dans les méandres de votre imagination. Un jour viendra où vous ne saurez plus trouver le chemin du retour. Pourquoi attendiez-vous l'autre nuit à la porte du *Ridotto*? Pourquoi aviez-vous peur de moi? Pourquoi avez-vous jeté la grenade déjà mordue? Que vous a dit la cartomancienne de San-Rocco?

Renata était d'abord devenue toute pâle. Puis elle baissa la tête sans répondre. À la fin, elle posa doucement sa main glacée sur la mienne et elle me dit:

— Il ne faut pas, Marcel, que vous me suiviez jusque dans mes rêves.

***

JE démêlai peu à peu ce qui se passait en Renata. Après avoir créé de toutes pièces un Pepoli, après avoir couru vers moi par un mouvement instinctif dont elle gardait secrète honte, elle faisait de moi un fantôme. J'avais vaincu le comte, mais pour le remplacer. Désormais il n'était plus mon rival; je l'étais moi-même. Comment me mesurer avec ce Marcel Hauverger qui possédait tout ce que j'avais,—plus la perfection? Si Renata me fuyait, c'était afin de mieux me rejoindre. Elle avait peur de moi, car elle craignait de me voir abîmer ma propre image qu'elle entourait de soins idolâtres. Je prévoyais que d'ici peu de temps, elle n'aurait plus besoin de ma présence; elle aurait pris le meilleur de moi pour forger ma statue: le modèle misérable n'aurait qu'à disparaître. Mesure-t-on le malheur d'un être qui se voit supplanté par soi-même à force d'être aimé et qui ne peut espérer de réussir puisqu'il a triomphé trop complètement? Si, dans ses rêves nocturnes, Renata me fuyait, elle le faisait par appréhension à l'égard de quelqu'un qui était devenu, par sa grossière opacité, un obstacle à sa réunion avec son double semi-divin. J'étais un importun pour moi-même. Ridicule et pathétique situation.

J'aurais volontiers consulté la sorcière de San-Rocco si j'avais su où la dénicher. Complètement accablé par mon infortune, je ne rêvais plus que de prendre le train. Ah! que n'ai-je suivi cette inspiration et quitté alors Venise! Mon destin n'était encore que pénible; aujourd'hui, il est tragique; et les souffrances que j'éprouve ont cet affreux caractère définitif que ma fuite leur eût évité.

Il me parut que je devais faire une dernière tentative pour sauver Renata et mes espérances avec elle. Dans la balance où elle me pesait, le plateau du rêve commençait de l'emporter sur l'autre; je jugeai que je devais intervenir de toutes mes forces. Mais comment agir sur Renata? Quelle tentation offrir à cette enfant perdue qui n'avait besoin de rien, ni de personne et qui se faisait un feu d'artifice invisible et magnifique avec les pauvres chandelles que nous allumions autour d'elle? Allais-je avec mes mornes paroles rampantes lui dépeindre une vie aussi féerique qu'une fresque de Piero della Francesca ou de Benozzo Gozzoli? Ici encore, elle avait assez d'armes secrètes pour me vaincre. Sur quel terrain risquais-je de triompher d'elle? Hélas! il ne m'en restait qu'un.

Les jours étaient beaux; nous finissions nos après-midis dans le jardin, sous la treille que vous savez, presque toujours seuls, M. Lambuschini ne quittait plus Mme Brancadoro; cela augmentait mon inquiétude. Pour ramener tout doucement la jeune fille sur la terre, je lui parlais de son enfance, je lui en demandais le récit. L'enfance est le refuge des êtres à qui la vie est à charge; ils y ont connu ce qu'ils demanderont désormais en vain aux circonstances; ce que celles-ci ne pourront plus leur procurer: l'ingénuité dans l'amour, l'ignorance des lois et des catégories. Mais le souvenir de son enfance accablait Renata de mélancolie; non seulement elle y était heureuse, mais elle y vivait avec un père joyeux et considéré. La triple déchéance de M. Lambuschini rendait le séjour de la terre irrespirable à Renata. Il lui était trop pénible de comparer sa misère actuelle et l'éclat des jours passés.

— Ne me parlez pas de cela, me dit-elle, je

souffre de m'en souvenir. Avez-vous été heureux, vous, Marcel?

— J'ai été heureux toutes les fois que je l'ai voulu. Malheureusement je n'ai pas toujours eu le courage de le vouloir. Il n'y a pas de hasard dans le bonheur.

— Vous voulez dire que je serais heureuse si j'avais la force?

— Oui.

— Mais je ne peux pas vouloir. Je ne dirige pas mes émotions, elles me dirigent. Agiriez-vous s'il vous semblait que chaque pas que vous faites vous conduit au bord même d'un précipice? Je voudrais vous suivre; je sens en vous la présence de ce bonheur qui m'attire, mais l'effort qu'il me faudrait accomplir pour vous rejondre est insurmontable. Je préfère me cacher dans ma chambre et y rêver longuement.

— Mais vos rêves sont d'une monotonie désolante.

— Ah! comprenez-moi donc! C'est justement la pensée de la variété qui me tue. Toute nouveauté me bouleverse. Je tremble devant ce que j'ignore. Chaque fois que dans ma vie est entré l'imprévu, la souffrance l'a suivi. Je sais que rien de mauvais ne peut survenir de ce que j'ai fait cent fois.

Un moment, je crus que j'allais voir au fond de cette âme torturée, mais la lueur aperçue s'éteignit. Renata se tut et tomba dans une de ces songeries désolées où je perdais sa trace. Il m'arrivait parfois alors de l'appeler sans qu'elle me répondît.

— Où êtes-vous? lui dis-je, ce jour-là. Pourquoi me fuyez-vous? Ah! Renata, vous ne faites plus rien pour me retenir! Je crois que je m'en irai bientôt.

Elle me répondit par les paroles qui avaient le plus de chance de me blesser au vif.

— Vous pouvez partir, vous ne me quitterez pas pour cela.

— Que voulez-vous dire? Qu'il est indifférent que je sois ici ou ailleurs?

— Non, mais que vous serez toujours ici.

— Mais ne vous est-il pas plus doux de me sentir auprès de vous, moi-même, en chair et en os et non cette ombre qui vous accompagne quand vous êtes seule?

Elle hésita un peu avant de me répondre.

— Ce n'est pas tout à fait le même être à qui j'ai affaire dans ces deux cas.

— Donc celui qui vous est indispensable n'est pas vraiment moi.

— Ce n'est pas ce que je veux dire.

— Expliquez-vous mieux!

— Ne me torturez pas ainsi! Je ne sais pas, moi, m'expliquer. Il y a en vous quelque chose qui m'est hostile, oui, hostile, ne protestez pas. Un homme qui aime une femme ne veut pas les choses que cette femme désire, mais lui imposer celles dont il a envie. Vous ne cherchez pas à me plaire, mais à m'amener à me plaire aux mêmes choses que vous. Je suis sotte, je le sais, cependant je devine certaines nuances. Eh bien, cette hostilité que vous me témoignez, peut-être malgré vous, *l'autre* ne l'a jamais. Il m'aime, lui, comme je veux que l'on m'aime. Vous, ce n'est rien que vous, mais *l'autre* est né de vous et de moi, comme un fils, comprenez-vous, comme *notre* fils?

— Oui, je comprends, ou je crois comprendre. Mais dites-moi cependant, Renata, croyez-vous que vous m'aimiez?

— Il y a un amour que j'ai pour vous; je ne suis pas sûre de les avoir tous.

— Cet amour devrait me suffire, évidement.

Je lui pris la main; elle la laissa dans la mienne. Elle avait les bras nus dans une robe légère et mal coupée; des bras si blancs qu'ils semblaient plus nus que tous ceux que j'avais déjà regardés. Sa beauté, le bouquet qui me venait de ce corps jeune, je ne sais quoi de tiède qui roulait dans l'air avec le soir proche, ces paroles qui portaient jusqu'à moi comme une ombre de volupté, le désespoir enfin de ces derniers jours, tout cela me bouta hors de toute prudence. Il me sembla que l'heure de l'action était venue. Soudain, je pris Renata par les bras, je l'appuyai sur moi et avec une brutalité soudaine, je baisai sa bouche. Elle se tordit et se débattit; je la maintenais d'une poigne solide. Alors brusquement animale, elle me mordit si violemment la lèvre inférieure que je lâchai prise. Sans même se retourner, elle s'élança vers la maison et je l'entendis donner à la porte un violent tour de clef.

***

RIEN ne décèle mieux notre misère que cette stupidité où nous sommes quand se déclare le Destin. La fatalité passe-t-elle à notre côté, nous continuons à ne voir que le fastidieux déroulement de nos propres rites spirituels, que nos génuflexions devant un autel vide.

La surprise et la fuite de Renata ne m'avaient en rien étonné, mais le vide du jardin me conduisait à un prompt découragement. Un balancement presque insensible de gargoulette, l'apathie d'une maison aveuglée, la décoloration des feuilles au soleil, les taches lépreuses, un cèdre dépaysé, menus détails, colis sans vertu jetés aux loups d'une poursuite, avaient sur mon esprit plus d'action que cette déroute, cet évanouissement d'une femme que j'aimais. Je me trouvai brusquement détendu, mais à la façon d'un enfant qui a perdu son jouet. Fuyant ma lâcheté, je gagnai la rue au plus vite.

Le *vaporetto* du Grand Canal me ramena place Saint Marc. Je regagnai mon hôtel. N'y trouvant que l'ennui, le soleil à peine détrôné, je m'échappai de nouveau. Il me faillait user par la fatigue mes obsessions renaissantes. Le hasard me mena via Garibaldi au milieu du marché aux poissons. Une foule presque funèbre s'y promenait; des lampes grelottant tout bas, posées sur les éventaires gluants, éclairaient le dessous des visages, communiquaient aux mentons leur tremblement, creusaient les narines, charbonnaient l'envers des paupières. Je voyais sur les tables briller des lames fraîches, se tordre des flammes d'azur ou se figer dans une contraction de longues vessies roses. Ni chair, ni poisson, des flaques de poulpes baignaient dans une coloration bleuâtre d'où pendait un chapelet d'entrailles ou quelque bras en traitement chez une mauvaise infirmière, les ventouses à l'envers. Des élastiques d'un vert unique, encore humides, reliaient entre elles ces épaves. Au dessus d'elles trônait, réfugié dans sa spirale et mêlant la fuite au regret, rocailleux encore, mais si blessé qu'il en avait des cicatrices de nacre, pesant et aérien à la fois, un coquillage sonore.

Des filles, des filles maladives glissaient comme au commandement d'un invisible maître de ballet; elles formaient une agitation bruyante et sans joie; les coques de leur chevelure, la pâleur verdissante de leurs visages, les effilés de leurs châles se dégageaient mal de l'ombre collée à elles; chaque femme apparue jouait à cache-cache avec vous, elle atteignait brusquement votre hauteur, vous frappait en plein regard, risquait sa fuite à droite, puis à gauche, et soudain, fondait dans la nuit.

Cette foule me soulageait; elle m'affranchissait du souci de penser ou d'agir; elle m'entraînait dans ce cercle vide où elle piétinait à mort et où je tournais avec elle, pris dans la ronde du serpent. Ces innombrables visages me fascinaient, plus misérables que le mien; à celui-ci, j'abandonnais au passage le souvenir de mes échecs et de mes avortements; à celui-là, la douleur que me causait la rupture de mon caractère, écartelé par mes élans affectifs; à tel autre enfin mon amour pour Renata et crainte de ne pouvoir saisir en elle que la chair d'une ombre. À mesure que je me laissais épuiser par la marche et l'attention jumelées, je retrouvais le sentiment de ma solitude, l'orgueil de mon

individualité; je me résignais à retrouver ma fin en moi-même.

Rendu au calme, je quittai la via Garibaldi. Quelques pas plus loin, dans un campo muet, deux enfants jouaient aux billes, auprès d'un puits. D'un jardin caché, monta la voix d'un accordéon; une étoile déroula son échelle de soie. Au coin d'une rue, la dernière sorcière de Macbeth vendait des poisons; un chiffon de papier huileux lui servait de lanterne magique. Une grande fille méchante et brune survint en riant; elle regarda les enfants avec haine et, toute courante, ramassa trois, quatre billes qu'elle jeta dans le puits. Trépignants et crispés, les enfants faisaient des gestes de menaces, mais trop faibles pour se défendre, ils éclatèrent en sanglots.

Alors je vis Renata sur son lit, immobile, la tête entre ses mains cachée . . .

***

PENDANT près d'une semaine, Renata demeura invisible.

Nous sommes si aveugles en face de notre propre destinée ou des incidents que nous créons que je ne pus croire qu'un lien existât entre mon baiser et la claustration volontaire de la jeune fille; je ne vis là qu'un caprice morbide et qui passerait comme les autres. Cependant M.Lambuschini s'inquiétait; il jugeait la crise plus grave et plus longue que les précédentes. La chambre de Renata demeurait close; elle ne s'ouvrait qu'à la vieille servante qui apportait du lait et de l'eau; Renata refusait toute autre nourriture. J'appris qu'elle ne quittait plus son lit, qu'elle ne se peignait plus, qu'elle demeurait de longues heures, prostrée, les yeux clos.

Je demandai à M.Lambuschini s'il ne me conseillait pas de tenter de la voir.

Il hocha la tête:

— Je ne sais ce que vous avez fait, mais je crois la partie perdue pour vous. Le comte Pepoli emporte de nouveau ma pauvre Renata, et cette fois-ci, je crains bien que ce ne soit définitivement.

Mon aveuglement et ma fatuité étaient tels que je refusai de croire le vieil et cher ivrogne.

La situation continuant à ne pas s'éclaircir, il décida d'organiser une de ces soirées de musique qui, en général, apportaient un soulagement à la malade et la purgeaient de ses fantômes. Il la fit avertir par la domestique que son ami M.Caprano allait venir lui jouer quelques-uns de ces airs qu'elle aimait tant.

Cette annonce réveillait toujours d'habitude une lueur d'animation dans la physionomie somnolente et comme éteinte de Renata. Mais cette fois-ci, rien ne se ranima; et elle se tourna vers le mur de sa chambre avec une maussaderie désespérée.

Ayant appris cela, M. Lambuschini se fit monter de la cave une bouteille de *grappa;* c'était toujours mauvais signe.

Quand j'arrivai le lendemain le jardin était plus éclairé que le premier soir; des lanternes vénitiennes pendaient aux branches du grand cèdre et, courges rayonnantes, se mêlaient à celles de la treille.

Déjà, M.Caprano jouait. Maigre et déhanché,

il se balançait en mesure, ridicule sous son masque à grand bec et son déguisement d'un autre siècle. Tournant à demi sur lui-même, il s'étirait vers la chambre de Renata en essayant de donner à sa sonate une intention passionnée, comme un rossignol qui fait sa cour. Mais cette musique qui désensorcelait Renata n'avait rien d'amoureux; c'était une vraie musique de clair de lune et de jet d'eau. Tout y tintait si légèrement! Sa mélancolie était d'une poupée parlante qui eût rompu ses fiançailles avec un souffleur de verre. Peut-être se désespérait-elle aussi à sa manière, mais son désespoir n'était pas plus violent que celui du vent qui se désole les nuits d'automne et tourmente les eaux de la lagune. Cependant, à travers ses arpèges, il passait d'étranges rêves, de suaves nostalgies, je voyais se former d'autres sentiments que nos sentiments habituels, des alliances de l'âme humaine et des nuages, des colloques avec les esprits des morts, si ces morts ont eu de l'esprit. Hésitation si la vie est noire ou fleurie, s'il faut se couronner de marguerites avec les enfants des prés ou suivre Henri de

Kleist dans la tombe; regret d'un seul matin de bonheur, infini comme la lumière et bref comme l'appel du coucou; invitation à n'aimer au monde que ce qui a fui sans retour; extraordinaires amitiés avec les génies de l'air, du feu, de l'eau, avec les génies de l'abîme qui remontent aux yeux de l'homme les plus pures roses des Enfers; méditation aussi sombre que celle du Chinois qui contemple en s'embarquant le cercueil laqué qu'il emporte avec lui; rêverie galante qui donnait à penser que le monde fût une opérette jouée dans le casino de Titania par des sylphes déchus, mais portant encore beau; voilà, voilà l'encens musical qui montait vers la fenêtre de Renata!

Mais elle ne descendait point.

Indifférent désormais à tout, M.Lambuschini, en manches de chemise, buvait devant son petit guéridon.

Je décidai de faire auprès de Renata une dernière tentative. Je me glissai dans la maison et montai jusqu'à sa chambre. Je frappai; personne ne répondit. J'attendis un moment: aucun bruit. Je tournai le bouton de la serrure; celle-ci joua.

Je crus Renata sortie. Il faisait noir dans la pièce; le lit formait un espace blanc, mal limité. J'allai jusqu'à la table, j'allumai maladroitement une bougie; le cœur me battait un peu. Renata dormait, ou plutôt, elle avait cessé de dormir. Depuis peu de temps. La chair était encore tiède; un bras nu, pur comme une tige, pendait hors du lit; la seringue de Pravaz avait roulé à terre. Une armoire ouverte montrait les robes à paniers de la jeune fille, pauvres alibis de sa démence, simulacres de son bonheur secret. Elle avait donc hésité encore au seuil de la guérison, puis renoncé à cette nouvelle tentation. A quoi bon? Ne lui avais-je pas prouvé que l'on ne pactise pas avec le réel, qu'il vous veut tout entier ou vous rejette impitoyablement? Ma fièvre de sympathie n'avait eu d'autre résultat que de perdre définitivement Renata. Mais le Destin n'était-il pas plus coupable que moi?

Je n'osai pas embrasser Renata; il eût été lâche d'abuser de sa non-résistance pour créer un nouvel impérialisme. La mort avait triplé et non rompu cette vitre qui m'avait toujours isolé de Renata et sur laquelle elle voyait peinte une image qui était moi et qui n'était pas moi. Je m'assis auprès du lit; la figure douce et sévère de Renata s'enfonçait dans une ombre frémissante qui tentait parfois de la ranimer. D'en bas, montaient les trilles, les arpèges, les accords de Scarlatti et son rêve léger d'un bonheur sans ivresse, ni lendemain. Deux ou trois fois, j'allai tâter le pouls de Renata, comme s'il avait pu revenir; son corps refroidissait.

Alors grandit en moi le sentiment étrange, tumultueux, confus, que la souffrance de Renata ne s'arrêtait pas là; ce n'était pas une souffrance personnelle. D'autres femmes ailleurs, partout, d'autres hommes commençaient de la ressentir; ce cœur brisé déchaînait un démon de douleur qui allait assaillir, courber d'autres innocents. Ils avaient peut-être besoin de moi, besoin de cette compassion amoureuse dont j'étais malade à mon tour. Je ne pleurais pas sur Renata; je pleurais sur les autres, sur les inconnus, qui allaient commencer de souffrir. Où étaient-ils, qui m'appelaient dans la vaste nuit? Le violon s'était tu. M. Lambuschini et M. Caprano parlaient à voix basse. Je jetai un dernier regard à

Renata, éteignis la pauvre lumière, me glissai hors de la maison.

— Je vais voir ce qui se passe, dit M. Lambuschini.

M.Caprano accordait son instrument.

Une des lanternes vénitiennes s'enflamma soudain, et ce mouchoir de feu tomba presque sur moi.

Je dus faire un saut pour l'éviter.

Je refermai la porte du jardin.

La nuit blanchissait; il y avait au ciel une grande ronde d'étoiles, elles brillaient avec plus d'éclat que de coutume et comme pour fêter entre elles un événement heureux.

Lausanne. 1 avril—15 Mai 1927.

ICI FINIT
'SUR UN AIR DE SCARLATTI'

PAR EDMOND JALOUX

JUSTIFICATION DU TIRAGE

www.ingramcontent.com/pod-product-compliance
Lightning Source LLC
LaVergne TN
LVHW012014220826
846092LV00001B/344
9782329758732